アリクイのいんぼう

愛する人とチーズケーキとはんこう

鳩見すた
イラスト◎佐々木よしゆき

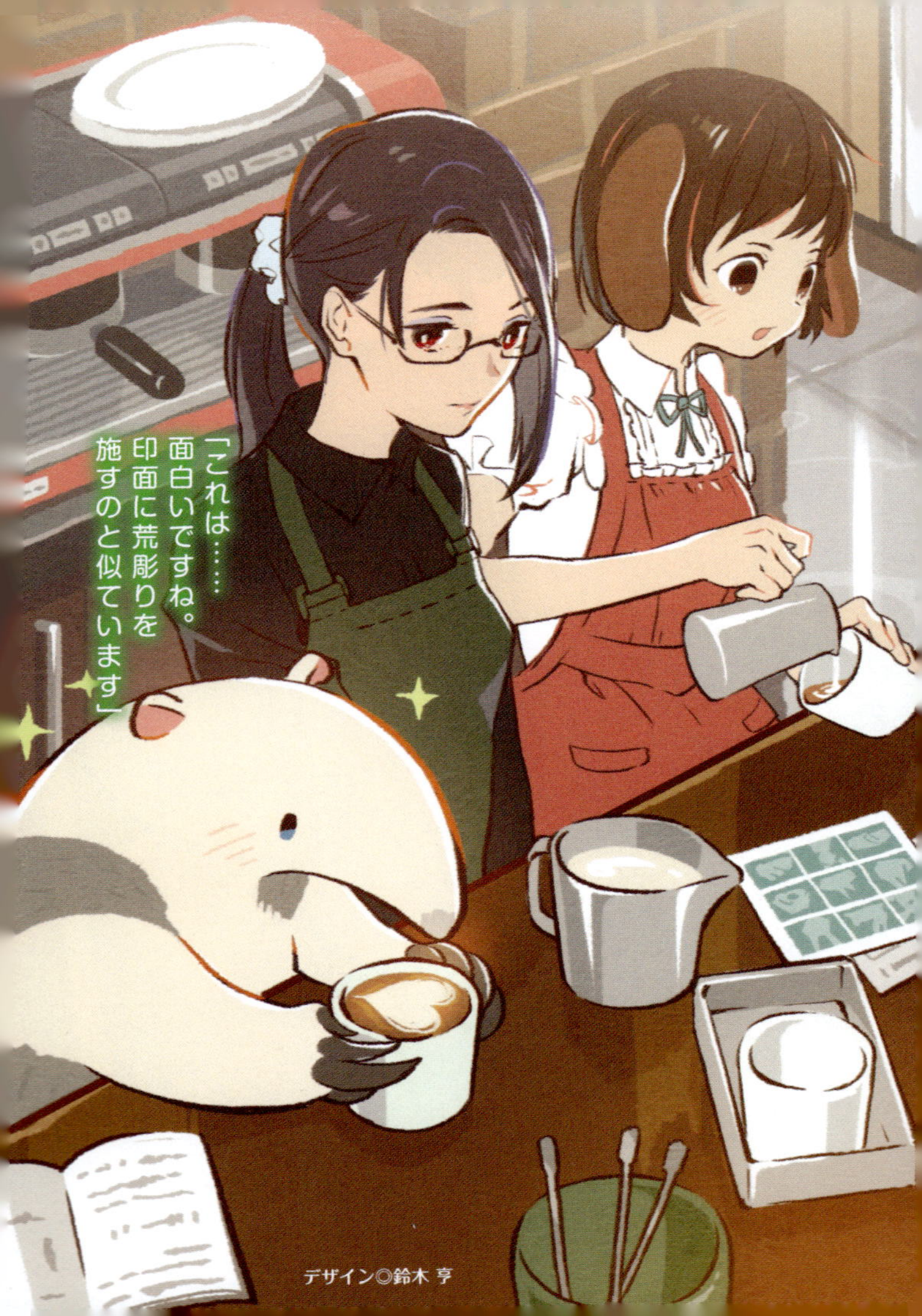
「これは……
面白いですね。
印面に荒彫りを
施すのと似ています」

デザイン◎鈴木 亨

ARIKUI no INBOU

アリクイのいんぼう

愛する人とチーズケーキとはんこう

鳩見すた
Suta Hatomi

アリクイのいんぼう

もくじ

ARIKUI no INBOU

愛する人と
チーズケーキと
はんこう

1

人間はダメージを受けると、顔にやわらかいものを押し当てたくなるらしい。

小さい頃の弟は転ぶと母の体に鼻をこすりつけていたし、父が出ていったあとの母も枕を抱えて泣いていた。

だから新町《しんまち》さんが私に「趣味」を尋ねてきたのも、顔に毛布をあてがうようなセルフ・メディケーションの一種だろう。

私には感情がない。

小学生の頃、クラス中が笑った教師の冗談で私だけがくすりともしなかった。

女子高生時代、『絶対泣ける』と誘われた映画ではまばたきすらもしなかった。

昨日も残業を終えた深夜の帰宅途中、真っ暗な道で背後から肩をたたかれても私は驚かなかった。振り返って誰もいなくても、悲鳴を上げることもなかった。

想像力はあるけれど、それが感動や恐怖に働かない。

よく言えば、なにごとにも動じない性格。

悪く言えば、人の心がない。

加えてあたたかみのないカタカナ名前であることも手伝ってか、周囲の人々は私をこう評する。

『宮崎《みやざき》ムロはロボットだ』と。

そんな心を持たない私に対し、人が趣味を尋ねてくる理由はひとつしかない。

仕事の能力で私に劣る人間は、自身の心の豊かさ、すなわち友人の数や趣味の充実について語りたがる。無感情で鉄面皮《てつめんぴ》な女に趣味などあるまいと決めこんで、精神的に優位に立とうとする。

そうされたところで、私は悔しくも悲しくもならない。

仕事における劣等感がプライベートの優越感で相殺されるのなら、どうぞ好きなだけロボットを利用してくれればいい。

そんなことを考えながら、隣を歩く新町さんを見た。

真新しいビジネススーツ。かろうじて耳が隠れるショートカット。

表情はいつも明るく、初々しさと活力が満ちあふれている。

新町咲良《さくら》さんは四月に入社した新人で、一ヶ月の研修を終えて今日から私に同行することになった。待ち合わせ時間に遅れてきたため先ほど注意したが、デフォルトの表情が笑顔であるらしく落ちこんだ様子はない。

しかし新町さんは私と違って人間だから、尊厳の回復は試みたいだろう。

「趣味はありません」

私は質問に対して、率直に答えた。これは新町さんのプライドに配慮したわけではなく、ただの事実でしかない。

「え、ムロ先輩、趣味ないんですか？　あたし、めちゃめちゃあるんですよ！」

「そうですか。たとえば」

新人の精神安定を助けるために聞き返した。望口《のぞみくち》の駅から客先までは七、八分。まだ駅を出発したばかりなので、いまのうちに自尊心をなぐさめてもらいたい。

「いえ、あたしのことはいいんで。じゃあ先輩、好きな食べ物とかあります？　映画とか音楽でもオッケーです。あたしわりかし体育会系なんで、スポーツ全般もいけますよ！　とにかくなんでも話をあわせられます！」

まるで散歩に行く前の犬のように、新町さんの目は期待で輝いていた。自分語りをしたかったわけではないらしい。

予想とは違う反応だったが、それで私がなにかを思うこともない。

「残念ながら、特になにもありません」

「じゃあ仕事が趣味って感じですか？　三度の飯よりコーヒーが好き、的な」

「そういうこともないですね」

うちの会社は飲食店のコンサルティングを主業務としている。私はカフェ部門の立ち上げ担当だけれど、最近は開業希望者にコーヒーの入れ方を教えたり、すでに営業している店から「ラテアート」の講師として招かれることが多かった。

結果的に私はバリスタ――コーヒーの専門家として通っている。

そう言うといかにも趣味が高じた仕事と思われがちだが、私の場合は人事異動に従っただけにすぎない。プライベートで飲むコーヒーは、インスタントを選ばないという以外のこだわりもない。

「それなら……あっ、指輪。ムロ先輩って結婚してるんですか！　意外！」

新しいおもちゃを見つけた犬のように、新町さんの目がきらきらと輝いている。

「すみません新町さん。いまのうちに注意しておきますね」

「くっ、口が滑りました！　『意外』は取り消します！」

勢いよく頭を下げ、新町さんは九十度のお辞儀を維持した。

反射的にこうした態度が取れるのは、純粋さの表れだろうか。

「私に夫がいることは自分でも意外なので構いません。その件ではなく、お客さまの前では私を『ムロ先輩』と呼ばないようにしてください」

「それなら大丈夫です！　研修でたたきこまれましたから！」

顔を上げた新町さんがへへと笑う。とことん腐らないタイプらしい。

「じゃあ先輩。お客さんの前でなければ、ムロ先輩って呼んでいいですか？」

「構いませんが、『宮崎さん』のほうが一般的だと思います」

「でも『ムロ先輩』のほうが親しみやすいっていうか、早く仲よくなれそうで」

少し困惑した。社内における私は『鉄の女』と噂《うわさ》されている。マーガレット・サッチャーの異名《いみよう》とは違い、文字通りロボットじみた女の意だ。

そんなロボットと友好を深めたがる人間は、これまでひとりしかいなかった。

「新町さんは、なぜ私と仲よくなりたいんでしょうか」

私は性格的に面白みもなく、場面場面で感情を共有できない。人間が私とコミュニケーションを取っても、得られるメリットはないはずだ。

「あたし、三人姉弟《きようだい》の長女なんですよ。なのにドジで忘れっぽくて、いっつも人に迷惑かけちゃうんです。だからあらかじめ仲よくなっておいて、『新町はしょうがねえなあ』って許してもらおうという魂胆です」

「なるほど。合点《がてん》がいきました」

意外にしたたかな性格だ。さっきの純粋さは演技だったのかもしれない。

「えっと、冗談なんですけど……」

「冗談？」

「そうですよ。だってムロ先輩、美人だし、仕事できるし、憧れ要素しかないじゃないですか。逆に仲よくなりたくない人なんています？」

答えになっていないと感じた。私の容姿や能力は、新町さんの主観に基づく相対的な評価でしかない。絶対的なパーソナリティとは言えない。

つまり、世の中に同じ類《たぐい》がごまんといる。豊富に選択肢がある中で、あえて人間関係の構築に必要な機能が欠けた私を選ぶ理由。それを明確にしてほしい。

「というわけで。旦那さんとはいつ出会ったんですか？」

「『というわけで』とは、どういうわけでしょうか」

「恋バナすると、てっとり早く仲よくなれるかなって」

「それは知りませんでした。では友好を深めたい理由はなんでしょうか」

「さっき言ったじゃないですか。で、ラブラブですか？」

言ってないから尋ねたのだが、新町さんは意に介さない。

「夫婦仲は普通だと思います。そろそろ仕事の話をしましょう」

レンガ造りの建物が視界に入ったので、私はバッグから資料を取りだした。

外観の記述を確認した後、顔を上げてオーニングの店名を見る。

有久井印房

「名称は『ありくいいんぼう』。このお店で間違いないようです」

店の前には丸いテーブルが置かれていて、立てかけられた小さな黒板に、メニューとウサギのイラストが描かれていた。モスグリーンのドアの脇には花壇があり、訪れる客の目を楽しませようと春の草花が植えられている。

一見するとレトロな喫茶店のたたずまい。しかしこの店の本業は別にある。

「ハンコ屋さんで喫茶店って、珍しい組みあわせですよね」

資料を目で追いながら新町さんが言う。

有久井印房はもともと印章彫刻、つまりハンコの専門店であり、駅前から移転してきた際にカフェの営業も始めたらしい。

「私も初めて見ますね。カフェを併設する画廊や陶芸工房は多いですが」

「あー。ハンコって、ちょっとアートっぽいですもんね」

「アート……なるほど。その通りですね」

私はハンコを文具としてしか見たことがない。複合カフェの例を挙げただけで、そこに「芸術」という共通性を見つけた新町さんに感心した。なんでも話をあわせられると自負しただけはある。

「ですが私たちの仕事には関係ありません。今日は初めての同行ですので、新町さんは私の指示通りに動いてください。行きましょう」

私は「CLOSED」の札がかかったドアノブに手を伸ばした。

からん、ころんと、カウベルの音が小気味よく鳴る。

「いらっしゃいませ。本日はお食事ですか？　ご印鑑ですか？」

現れたのは女性の店員だった。白いブラウスに黒いスカート、そして頭にウサギの耳をつけている。バニーガールのように天を衝《つ》くタイプではなく、本物の耳の横に垂れ下がるロップイヤーの形だ。

「どちらでもありません。本日はラテアートの講習にうかがいました」

名刺を渡してお辞儀する。床は古いが掃除は行き届いていた。

「すみません。いらっしゃるのはわかっていたんですがつい癖で。てんちょー、ラテアートの先生いらっしゃいましたよー」

女性店員が奥を振り返ると、「はい」と落ち着いた男性の声が返ってきた。

「この子のユニフォームかわいいですね。お尻にしっぽついてますよ」

新町さんが小声を弾ませた。私は特になにも思わない。仕事でコンセプトカフェにも赴くので、メイド服や猫耳の従業員は見慣れている。

新人の感想を聞き流しながら、私は店内をチェックした。

照明や空調に問題はない。しかし商店街の奥という立地を考えれば、席数はもっと少なくてもいいだろう。一部のテーブル席をソファにすれば、回転率を下げて客単価を上げることもできそうだ。

「それでは、あちらのカウンターへお願いします」

女性店員に続いて店の中を歩く。中央の柱にはカモノハシの絵、壁には「一級技能士」と書かれた印章彫刻の証書が飾られていた。

空間ディスプレイには店主の嗜好《しこう》が反映されるので、無闇に助言はしないほうがいい。話の種はここまでに拾ったものでこと足りるだろう。

「本日はご足労いただきありがとうございました。店主の有久井《ありくい》と申します。ミナミコアリクイです」

カウンターの向こうで名刺を差しだしているのは、全身をふわふわした毛に覆われた生き物だった。声は大人の男性のもののようだが、二本足で立っていても背丈は人間の子どもくらいしかない。

「本日講師を務めさせていただく、宮崎ムロと申します」

交換した名刺を確認すると、有久井さんの肩書きは「店主」となっていた。名前はひらがなで「まなぶ」さんらしい。

「失礼ですが、有久井さんは動物のアリクイでいらっしゃるんでしょうか」

そうとしか見えないので率直に尋ねた。動物になにかを教えたことなどない。特別な対応が必要なら、本部に専門の飼育員派遣を要請すべきだ。

「はい。シロクマでも、ゆるキャラでもなく、ごく普通のアリクイです」

つぶらな瞳が上目づかいに私を見る。声音《こわね》にふざけた様子はない。

「あの、なにか問題ありますか？　コーヒーを入れるのは比較的得意ですが……」

アリクイの有久井さんがおずおず聞いてきた。

「いいえ。それならまったく問題ありません」

教えるのだってロボットの私だ。相手が人間でもアリクイでも大差はない。

「よかった」

有久井さんがほっと小さく息を吐いた。見た目はいかにも愛らしいが、ひとまずは人間の男性として扱うべきだろう。

「本日は予定通り、有久井まなぶさんと筑紫野宇佐《つくしのうさ》さん、二名の受講ということでよろしいですか」

「はい。よろしくお願いします」

有久井さんがぺこりと頭を下げた。隣に立っていたウサギの女性も店長に倣《なら》う。彼女が筑紫野さんであるようだ。

「こちらこそよろしくお願いします。先ほども申しましたが、私は本日講師を務めさせていただく宮崎ムロ、こちらが助手の新町咲良です」

紹介すると同時に、新町さんが腕にすがりついてきた。

「せっ、先輩、なんで、そんなに、れれっ、冷静なんですか」

「新町さん落ち着いてください」

「おち、おち、落ち着けるわけ、だってアリクイがしゃべっ、しゃべっ——」

「すみません有久井さん。新町がお客さまに接するのは今日が初めてなんです。失礼な言動をお許しください」

私が頭を下げると、有久井さんが「いえいえまったく」とふさふさの手を顔の前で振った。筑紫野さんがくすくす笑う。

「初めてうちの店長を見たら、新町さんみたいになるのが普通ですよ。先生のように落ち着いた女性は皆無です」

一応は私も、アリクイがしゃべることに疑問がないわけではなかった。こんな風に常識が覆っても、鉄でできた心は動かないだけだ。

「では講習を始めましょう。まずは有久井さん、エスプレッソの抽出とスチームミルクをお願いします」

バリスタエプロンを腰に巻き、キッチンへお邪魔する。

すると新町さんが、「あっ」と叫んで口を押さえた。その視線をたどると有久井さんの足下《あしもと》にいきつく。

「すみません。ぼくは背が低いので」

有久井さんが恥ずかしそうに言った。その足下に子ども用の椅子がある。

それでもまだ高さが足りないらしく、有久井さんは「よいしょ」とつま先立ちになってグラインダーのスイッチを押した。

「超かわいい……」

新町さんが両手で口を押さえたまま嬌声《きょうせい》を上げる。

本来ならお客さまに向けるべき言葉ではない。しかし私はとがめなかった。新町さんの反応を見た筑紫野さんが、得意そうな顔をしていたからだ。

「とん、とん、とんと」

有久井さんが声に出しながら、フィルターに入れた粉をタンピングしている。その力は強すぎず、弱すぎず、きちんと加減ができている。

エスプレッソマシンは古い業務用だが、メンテナンスはしっかりされていた。抽出したエスプレッソのクレマ——表面の泡にも、十分な厚みがある。

いまのところは本業がハンコ店であることも、店主がアリクイであることも、なんの問題もない。

「あつっ」

ミルクをスチームしている最中に、有久井さんが右手をパタパタ振った。

「大丈夫ですか？」

新町さんが声をかける。言葉は心配しているけれど、その目はユーモラスな仕草を見て笑っていた。もうしゃべる動物の存在を受け入れたらしい。

「大丈夫です。すみません手際が悪くて。ひとまずできました」

有久井さんが申し訳なさそうに言いながら、エスプレッソのカップとミルクピッチャーをカウンターに置いた。

「ピッチャーの温度を肌で計るのは、布巾《ふきん》越しよりもスチームミルクのできあがりが安定します。手際も技術も見事でしたよ」

私がピッチャーを受け取ると、有久井さんは黒い爪でカウンターの隅をこりこりと削った。行為の意味は不明だが、新町さんの目はいっそうにやけている。

「まずは基礎のハートを作ります」

私はエスプレッソの入ったカップを斜めに構え、勢いよくピッチャーのミルクを注いだ。クレマの裏側に流しこむようにして最初の土台を作る。

「これでアートの下地ができました。ハートを作る場合は、ここからゆっくりと押しこむようにミルクを注ぐのがコツです」

カップを水平に戻し、ピッチャーの注ぎ口を近づけた。波を描くような動作でミルクの流れをコントロールし、最後にわざとこぼしてハートのしっぽを描く。

「おおー」

受講者のふたりがパチパチと拍手をしてくれた。

新町さんも一緒に手をたたきかけていたけれど、私の視線に気づくとろくろを回すような姿勢のままで固まる。

「あとはミルクをスプーンで足したり、ピックで線を引くだけで、表の黒板にあるようなかわいいイラストも描けます」

私のコメントに筑紫野さんは謙遜《けんそん》も自尊もせず、ただにっこり微笑《ほほえ》んだ。

あのチョークアートは文字の配置や絵のぼかしかたなど、流行をかなり研究してあった。この子は単なる学生バイトではないのかもしれない。

「それでは、お二方もやってみてください」

いつも通り、まずは受講者の所作を見守る。

ラテアートは芸術的なセンスが問われると思われがちだが、そうであったら私はこの仕事をできない。モネやロダンを見て感動を覚えたことなどないからだ。

初心者に必要なのは失敗を恐れない勇気だろう。たとえ不器用であっても、数をこなせば技術は自然と身についてくる。私がいい例だ。

「難しいですね。ミルクが思うように広がってくれません」

有久井さんのカップを確認すると、クレマの中央にミルクが溜《た》まっていた。

「ピッチャーの押しこみが弱いと、ミルクがリーフ状になりません。必要なのは勇気です。一緒にやってみましょう」

有久井さんの右手に回って腕を取る。ふわりとした毛の中には、意外としっかりした筋肉の感触があった。ほとんど人間と変わらないと感じる。

「ここです。注ぎ口をクレマに接触させるつもりで、ピッチャーをぐっと押しこんでください……まだです。表面張力を信じてそのまま……はい」

エスプレッソの表面に、合格点のハートが浮かんだ。

「これは……面白いですね。ハンコに荒彫りを施すのと似ています」

有久井さんは興味深げに自分の作品を見つめている。

「荒彫りというと、はんこうを彫る行程でしょうか……どうかしましたか？」

つぶらな黒目が、なぜかぱちぱちと瞬《まばた》いた。

「あ、いえ、なんでもありません。ええとですね、ハンコを彫るにはまず印稿《いんこう》、印鑑の原稿ですね。それを転写した印面、ハンコを押すほうの面ですね。これを大雑把に彫ることを荒彫りと言います。ラテアートほど手早い作業ではありませんが、それでもまず土台を作ってから調整する工程には、ハンコと通ずるものが――」

「先生、わたしにもレクチャーお願いします」

有久井さんの演説中に筑紫野さんが私を呼んだ。

「うちの店長、ハンコの話になると長いんですよねー。本人は気にしないので、適当なところで切り上げちゃってください」

そんな言葉を耳打ちされた。普段は物静かなアリクイだけれど、大好きなハンコのことになると饒舌《じょうぜつ》になるらしい。私が持ちあわせていない感覚だ。

「筑紫野さん、とても上手ですよ。あとは数をこなすだけですね」

講習は滞りなく進んでいた。筑紫野さんは飲みこみが早いし、有久井さんはのんびりした見た目に反して熱意がある。私が休憩を提案しても、「もうちょっとでコツがつかめそうなので」と、ひとりで練習を続けるくらいだ。

「あたしたち、実は寝ていて夢でも見てるんですかね。あれとか」

奥のテーブル席を見て、新町さんがしみじみと言った。そこでは目下、小説家の客が一心不乱に仕事をしている。

ついいましがたのこと。先に休憩させてもらっていた私たちは、カウンター席で描き損じのカフェラテを飲んでいた。すると「CLOSED」の札を無視して、誰かがコツコツとドアをノックする。

筑紫野さんが応じると、しばらくして一羽のハトと一緒に戻ってきた。ハトは常連客であるらしく、仕事の締め切りが迫っているという。邪魔はしないから場所だけ貸してくれと、羽をばたつかせながらタイプライターをつきだした。

「私は起きていますよ。そちらも、あちらも、見えています」

荒ぶるハトから顔をそらし、カウンター席の奥に目を向ける。

壁に接する位置に陣取り、カピバラがノートパソコンで作業をしていた。店の内装と同じ毛色であるため気づかなかったが、始めからそこにいたらしい。

彼の名前は「かぴおくん」で、スタンプのデザインなどを担当する従業員だと筑紫野さんが教えてくれた。

「ということは、ハトの小説家も、カピバラのデザイナーも実在するんですね。アリクイのハンコ屋さんに」

新町さんが動物たちを、「夢の世界の住人」と疑う気持ちは理解できる。

しかし私は有久井さんから名刺をもらったし、その毛と肉にも確かに触れた。哲学的な議論はともかく、有久井さんの実存自体は断言できる。

「お茶請けにどうぞ。店長手作りのチーズケーキです」

「チーズケーキ！　あたし超好きです！」

筑紫野さんがケーキの皿を並べると、新町さんがすぐさまフォークを構えた。子どもじみた反応は賞賛すべきでないけれど、今回はお客さまに喜ばれるだろう。

「ありがとうございます。いただきます」

私もお礼を言って受け取った。職務上、勧められた食べ物は断らない。

「濃厚っ……！　ムロせんぱ……じゃなくて宮崎さん。このチーズケーキすっごいおいしいですよ！　チーズどっしりです！」

新町さんはフォークをくわえたまま、うっとりと目を閉じていた。

「うちのケーキ、食べごたえありますよね。先生も召し上がってくださいな」

筑紫野さんにうながされ、カットされたケーキを見る。

チーズケーキは生地のやわらかい「スフレ」や、焼かない「レアチーズ」と種々あるが、有久井さんのはもっとも一般的な「ベイクドチーズケーキ」だった。

表面には美しいつやがあり、フォークを押し当てるとすっと入る。しかし中身はぎゅっと詰まっていて、チーズそのもののような重量感があった。

「これは……」

食べた瞬間に驚いた、と言ったら失礼だろうか。

食感は至極なめらかで、チーズが口の中でほどけると香りとコクが長く続く。甘さ控えめで酸味もほどよく、濃厚というより味のバランスが絶妙だ。

「おいしいです。さっぱりしていて食べやすいので、お酒ともあいそうですね」

「さすがですね先生。店長がこだわって、デンマークから取り寄せたクリームチーズを使っているんです。ワインにもよくあうそうですよ」

チーズケーキは家庭でも簡単に作れるけれど、有久井さんのは恐ろしく本格に近いホームメイドだった。ハンコとケーキ、いったいどちらが本業なのだろうか。

　そう思ってカウンターの向こうを見ると、一般的なアリクイよりもふっくらした有久井さんがラテアートに励んでいた。表情はないのに真剣さが伝わってくる。

　きっと有久井さんは、仕事に対して真摯《しんし》に向きあうアリクイなのだろう。あの体形も試食を重ねた結果であるような気がした。

「ところで先生。うちの店ってどうでしょうか。コンサルタントの人から見て、改善すべき点があったらおうかがいしたいなー、なんて」

　筑紫野さんがにこにこしながら聞いてきた。手には持ち帰り用のケーキの箱を持っている。見え見えの魂胆は、あえて見せていくスタイルらしい。

「全然ないですよ！　アリクイさんかわいいし、ケーキもおいしいしで、プライベートでもきたいくらいです！」

　新町さんがプロとして答えたものの、「できれば先生のほうから」と筑紫野さんに一蹴《いっしゅう》された。「先輩……」と、しかられた犬のような目が私を見上げる。

「そうですね。現状のままで、とても居心地のよいお店だと思います」

「お土産のケーキ、もうひとつ入れましょうか？」

　講義先で、ついでのように経営の助言を求められることは多い。基本的にはお茶を濁しているけれど、リピートが見こめる熱心な相手には話すことにしている。

「あくまでカフェとして見た場合の意見ですが、工夫をする余地はあります」

ソファ席の導入や、ドアをガラスに変えて一見客《いちげんきゃく》の敷居《しきい》を下げるなど、最初に観察した際の意見を述べた。

「立地を考えると、やっぱりそうなりますよね」

筑紫野さんはうなずきつつメモを取っている。かたやの有久井さんはいまもラテアートに夢中だ。いったいどっちが経営者なのか。

有久井印房は、なにもかもが不思議な店だと思う。

そしてなにかを不思議に思うこと自体、私にはとても珍しい。

不可解で、けれど不愉快ではない感覚を抱いたまま、私は講義を再開した。

一通り終了する頃には、有久井さんも筑紫野さんも上手にハートを描けるようになっていた。最後にオリジナルアートに挑戦してもらう。

「筑紫野さんはウサギですね。とても上手に描けています」

「やー、全然そんなことないですよー」

謙遜の言葉と裏腹の表情を見て、新町さんが「ドヤ顔！」と笑った。お客さまとの距離を縮めるのがうまい子だと思う。

「有久井さんのものは……すみません。これはなにを描かれたんですか」

「ぼくは絵が下手なので印稿を書いてみました。カフェラテに自分の名前が書いてあったら、お客さまが喜ぶんじゃないかなと……」

絵だと思っていたので気づかなかったが、ミルクで描かれた円に配置されているのは確かに文字だった。

右上から『宮』、『崎』、『ム』、『ロ』と、私の名前が描かれている。

「なるほど。はんこうのラテアートですか」

文字はピックを使って書くだけなので、実はそれほど難しくない。ＳＮＳ映えを望む客のリクエストも見こめるし、すぐにでも採用できそうなアイデアだ。

しかしそう感じたのは私だけで、筑紫野さんは違ったらしい。

「なにやってるんですか店長。うちのお客さんが喜びそうなものといったら、店長自身に決まってるじゃないですか。せっかくカフェラテと同じ色してるんだから、がんばって自画像を描いてください」

筑紫野さんが「はい見本」と、文庫本を一冊手渡した。表紙にはなぜか有久井さんそっくりのイラストが描かれている。

「そんなこと言われても……ぼくは宇佐ちゃんみたいに絵心もないし、自分を描くなんて恥ずかしいし……」

有久井さんがこりこりとカウンターの端を爪で削る。先ほども見たけれど、これはどうやら照れくさい状態における反応であるようだ。

「いいですか店長。いまハンコ業界は逆風にさらされています。誰もが印鑑を無用の長物どころか、邪魔とさえ思っているんです。そんな時代に生き残っていかなければいけないのに、恥ずかしいなんて言ってる場合ですか。もっとマスコットとしての自覚を持ってください」

「経営者の自覚じゃないんだ……ぷっ」

新町さんがこらえきれずに笑いだす。

印鑑レス時代の到来——行政手続きオンライン化法案のニュースは私も見た。官がなくしていこうとしているものが、民で求められるとは思えない。

「マスコットとしての自覚……うーん」

「あの、有久井さん。少しよろしいでしょうか」

「あ、もう時間ですよね。すみません先生。本日はありがとうございました」

有久井さんがぺこりと頭を下げる。

「いえ、時間は大丈夫です。そうではなくて、自画像ラテアートのお手伝いをさせていただければと思いまして」

その場の全員が驚いた顔をしていた。心の中の私も含めて。

「デジタル手続き法案に関するニュースで、今後のはんこうは芸術作品、あるいは外国人観光客の需要に特化していくと予測されていました。そう考えると印稿のラテアートは、はんこうの入り口としてとてもよいアイデアだと思います」

ただし素早く提供するには工夫が必要になる。その方法も一緒に考えたいと申し出ると、私の提案は快く受け入れられた。

「今日は超絶楽しかったです！　仕事中はいつもあんな感じですか？」

会社へ戻る途中で初仕事の感想を尋ねると、新町さんはうれしそうに答えた。

あれからお店には一時間ほど滞在した。私がラテアートの見本を描く間に、新町さんから仕事上の疑問を受けつけた。その後は日報を書いてもらったけれど、ときどき思いだし笑いをしていたので本当に楽しかったのだろう。

「お客さまと依頼の内容によりますね。有久井印房はレアケースです」

営業を再開した有久井印房には、それなりの数のお客さんがやってきた。

みんな新町さんと同じくケーキを食べながら笑っていたが、残念ながらこういう雰囲気のいい現場ばかりではない。

「そうじゃなくって、『あんな感じ』ってムロ先輩のことです。会社ではロボット女みたいなこと言われてますけど、仕事中はけっこう笑う人なんだなーって」

「笑う人？　私がですか？」

「笑ってましたよ。まあ口角は上がってませんけど、アリクイさんのラテアートが完成したときとか、目がふふって感じで」

自覚はない。けれど私が笑うと指摘した人はもうひとりいる。

「まあアリクイさんがピッチャーを両手で持ってスチームしているところとか、ぽふぽふとタンピングしている光景を見たら、誰だって笑顔になりますよね。もうちょっと長くいたいって思っちゃいますよね」

有久井印房に長居した理由は、自分でもよくわからない。もともと新町さんに質疑応答の時間を設ける予定だったので、それならここでやればいいとは考えた。

だとしても、ラテアートの手伝いを申しでたのはロボットの私らしくない。

「なんか不思議な人ですよね。アリクイさんって」

「『人』ではないですね」

有久井さんはアリクイだ。有久井さん自身がそう言っている。

「でもあたし、普通のアリクイとかあんまり知らないですよ。アリクイさんってアリクイの中では普通のアリクイなんですか？」

人ではないけれど、普通のアリクイでもないだろう。動物の声帯は言語を発するようにできていない。そこは不可思議だが、私はそれ以上に思うところもない。

一方で普通のアリクイを知らない新町さんは、有久井さんを不思議な「人」だと考えた。おそらく親近感だろう。私にはない感覚だ。

けれど結果的に、私たちはお互いに有久井さんの実存を認めている。これは感情の共有と考えていいのだろうか。

「初仕事の感想を聞いたのですが、有久井さんの話ばかりですね」

「すっ、すみません。ええと、思ったほど緊張しませんでした。あ、これ社会人的にまずいですよね。その……わたくしとしましては……」

新町さんは目をぐるぐると動かし、やがて小さくため息をついた。

「『楽しかった』しか出てきません……」

「よほど有久井印房が気に入ったようですね」

「……はい。アリクイさんはかわいいし、ケーキもおいしいし、宇佐ちゃんも面白いし。でもこんなのだめですよね。あたし、この仕事向いてないかも……」

向き不向きなんて関係ない。ロボットの私だって務まる仕事だ。

上司としてそう言うべきなのだろうけれど、私の回路は別の動作をした。

「そんなにお好きなら、今度プライベートでご一緒しますか」

「えっ」

新町さんがのけぞって驚く。初めて有久井さんを見たときと同じ反応だ。

私も自分の言動が意外だった。学生時代ですら人を遊びに誘ったことなどない。

「断っていただいて構いませんよ。仕事とは一切関係ないので」

「いえ、嫌ってわけじゃなくてですね、ムロ先輩が誘ってくれたことにびっくりしただけで……っていうか行きたいです！　ぜひお供させてください！」

会社に戻ってマニュアルを読むと、私の立場で休日に部下を誘うことはパワハラに該当する可能性があった。上司に相談すると狼狽《ろうばい》されたが、人当たりのいい同僚を使って新町さんの本音を聞いてきてくれた。

「すごく楽しみにしてるみたいだってさ。よかったね、宮崎さん」

上司がうれしそうな顔をしている理由が、私にはうまく推察できない。

「おつかれさま。ムロさんも飲む？」

仕事を終えて帰宅すると、夫がソファでビールを飲んでいた。

夫はタウン誌の編集者で多忙の人だ。私より早く家にいるのは珍しい。

「コーヒーにします。ケーキをもらってきたので。夕食は用意しますか？」

「あ……ケーキ？」

「ケーキです。なにか問題がありますか？」

「いや、ないよ。あんまり食欲ないから、食事もお構いなく」

「わかりました」

「ムロさん、なんか楽しそうだね」

表情のない私のどこを見てそう感じるのだろうか。夫も新町さんのように、私が自覚していない感情を教えてくれる。

結婚して二年。年下の夫との間に子どもはいないが、いまのところ家族として問題はない。これからもこうして淡々と暮らしていくだろう。

スーツを脱いで部屋着に着替え、ダイニングテーブルに座った。夫の後頭部越しに見えたテレビ画面に、激しくドラムを演奏するゆるキャラが映っている。

「楽しいかどうかわかりませんが、変わったことはありました」

コーヒーを入れてケーキを食べながら、今日の出来事をかいつまんで話した。

「しゃべるアリクイかあ。ムロさんがそんな冗談を言うなんてね」

「冗談ではありませんが、信じる必要もありません」

「じゃあ信じない。でもムロさんが新町さんを誘ったって結果を考えると、その有久井氏から、なにかしらの影響を受けたのは事実だね」

夫は有久井さんの存在を、宗教家や占い師の類として受け取ったようだ。

「お風呂に行ってきます」

食べきれなかったチーズケーキを箱に戻して立ち上がる。

「ムロさん怒ったの？」

「いいえ」

怒ったことなど一度もない。少なくとも自覚においては。

「それならお風呂の前にちょっといいかな。すぐにすむよ」

了承して冷蔵庫のドアを開ける。ケーキの箱をしまおうとすると、中の空間の大部分を先客が占有していた。

「ケーキを買ったんですか。珍しいですね」

夫がケーキについてなにか言いたげだったことを思いだす。

「うん。食べながら話そうと思ったんだけど、どうも胸がいっぱいで」

「どういった話でしょうか」

「僕と、離婚してくれないかな」

冷蔵庫の中を整理する手が止まった。二秒ほどだと思う。

「承知しました。お風呂に行ってきます」

チーズケーキを冷蔵庫にしまうと、私は眼鏡を外して脱衣所へ向かった。

2

朝の支度を終えてスーツに袖を通すと、爪が割れていることに気づいた。

母ならば「ふざけんな！」と叫んで、夜の仕事を休んだだろう。しかし私はなにも思わず、いつも通りに出勤して仕事をした。

夫から離婚を切りだされても、私の毎日はまったく変わらない。

唯一いつもと違ったのは、週末に新町さんと会ったことくらいだ。

「すいません！　ほんとすいません！」

十五分ほど遅れてきた新町さんは、以前のように平謝りした。仕事ならば注意するけれど、プライベートでは怒る道理もない。誘ったのは私だ。

「では行きましょうか」

駅を出て歩きだすと、新町さんも小走りについてくる。

「ゴールデンウィークだけあって、どこも混んでる感じですね」

「そうですね。ファッションビルや飲食店が多いからでしょう」

だから連休に限らず、土日の駅前はいつも人があふれている。しかし目指す有久井印房は商店街の端だ。むしろ普段の常連が減って空いているかもしれない。

「というか、先輩いいんですか。連休に旦那さんと予定とかあったんじゃ」

「いいえ」

私はもちろん、夫も用事がない限り外を出歩かない人だった。お互い誘われれば断らないだろうが、どちらかの提案によるレジャーを楽しんだことはない。

「新町さんこそ、ご予定はなかったんですか」

「あたしも友だちとご飯食べるくらいですねー。彼氏もいませんし」

「そうなんですか」

「そうなんですが……」

新町さんが横目で私をうかがう気配があった。

「ムロ先輩。やっぱり気になるんで聞いていいですか？」

「なんでしょうか」

「今日、なんであたしを誘ったんですか？」

「前に言った通りです。新町さんが有久井印房を気に入ったようなので」

「え？　それだけですか？」

「はい。それだけだと思います」

ほかに理由らしいものは見つからない。

「ムロ先輩って……あ、やっぱりいいです。入ってから話しましょう」

道の先にレンガ造りの建物が見えてきた。思った通り商店街には人が少ない。

「こんにちは、先生。いらっしゃると思ってました」

有久井印房のドアを開けようとしたところ、待ち構えていたように筑紫野さんが出迎えてくれた。その顔が意味ありげに微笑んでいる。

「筑紫野さんこんにちは。なぜ私たちが来店すると思ったんですか？」

「まあまあいいじゃないですか。それより今日は活《い》きのいいミルフィーユが入ってますよ。ささ、カウンターのお席へどうぞ」

うやむやのまま案内されて席に着くと、有久井さんは先日と変わらずカウンターの内側にいた。きちんとアリクイの姿のままで。

「どうも先生。先日はご教授ありがとうございました」

「有久井さん。こちらこそありがとうございました」

互いに頭を下げていると、新町さんがあははと笑う。

「ムロ先輩、それじゃ仕事のときと変わらないですよ」

「そうですよ。お客さまなんですから、のんびりしてくださいな。どうぞ」

筑紫野さんがメニューを渡してくれた。新町さんが早速ページをめくる。

「どれもおいしそうで悩みますね。あ、ハンコが載ってる」

ドリンクやフード類が並ぶページが終わると、「黒檀《こくたん》」や「チタン」といったハンコの材料、そして「隷書《れいしょ》」、「楷書《かいしょ》」など、書体のサンプルが掲載されていた。

「やっぱりスイーツかな……でもオムハヤシも捨てがたい……」

新町さんはハンコに興味がないらしく、すぐにページを戻してフードメニューの吟味を始めている。

「よし決めた！　宇佐ちゃん注文お願いします。あたしはケーキセット。活きのいいミルフィーユとチャイで」

「かしこまりました。先生はお決まりですか？」

「私はチーズケーキとブレンドのセットを。それから実印を一本」

注文した瞬間、新町さんと筑紫野さんが「えっ」と声をそろえた。

「すみません。私はおかしなことを言ったでしょうか」

疑問を口にすると、カウンター越しにアリクイさんが答えてくれる。

「いえ、おかしくはないんですが、あまりにさらりと頼まれたもので。先生は印鑑がご入り用なんですか？」

「はい。旧姓の印鑑を処分してしまったので、新しく作り直したかったんです。ここがはんこう屋さんで助かりました」

「ちょっ、ムロ先輩！　それってまさか、離婚を考えてるってことですか？」

新町さんが椅子から腰を浮かせた。

「離婚はもうしました」

ネットでダウンロードした離婚届にサインを済ませると、夫はすぐに家を出ていった。離婚届は休日も受理してくれるので、新町さんと会う前に私が提出した。

「でっ、でも！　ついこの間、夫婦仲は普通だって言ってたじゃないですか！」

「いまも悪くはないと思います」

「だったらなんで急に。あのときから三日もたってないですよ」

「夫の希望です。離婚の理由は聞いていないのでわかりません」

「先輩クールがすぎますよ……助けてくださいアリクイさん」

有久井さんが困ったようにぱたりと耳を伏せた。

「その……夫婦のことは夫婦にしかわからないかと……」

「それはそうですけど、理由も聞かないなんてやっぱり変じゃないですか。ムロ先輩は、旦那さんを愛していたから結婚したんじゃないですか？」

「愛のない結婚なんていくらでもあるさ」

答えたのは私ではなく、カウンター席の端で仕事をしていたかぴおさんだった。

「けれど結婚すれば愛着はわく。たとえ相手がどんなに嫌なやつでもね」

人生経験が豊富らしい。カピバラ生と言うべきだろうか。

「……カピバラもしゃべるんだ。でも、うん。いいこと言ってるかも」

最初はぽかんとしていたけれど、新町さんはすぐに得心したようにうなずいた。相変わらず環境への順応が早い。

「お待たせしました。ブレンドとチャイです」

カウンター越しに、ふさりとした手がカップを置いてくれる。

同時に筑紫野さんが、ケースから出したケーキを運んできてくれた。

「それでは先生。ハンコのお見積もりはいまなさいますか？」

「待って！　アリクイさんちょっとだけ待ってください！」

私を制して新町さんが言った。

「でしたら、またあとでお呼びください」

有久井さんは穏やかに言い、ドリップネルを水で洗い始めた。エプロンを身につけたような背中の模様が見える。毛布のようにやわらかそうだ。

「あの……先輩……」

私の顔とケーキを交互に見ながら、新町さんがもじもじしている。

「どうぞ召し上がってください。私もいただきます」

まるで「待て」を解除された犬のように、新町さんは威勢よくミルフィーユにフォークを突き刺した。私もチーズケーキを口へ運ぶ。

「おいしー！……あ、すみません」

「おいしいですね。こちらこそすみません。私が変な話をしたせいで、新町さんに気を使わせてしまって」

「変な話をしたのはあたしですよ。さっきのかぴおくんの言葉で気づきました。先輩が旦那さんに離婚理由を尋ねないのは、聞きたくないってことですもんね」

「いいえ。聞きたくなかったのではなく、最初から知っていたんです」

夫に離婚を提案されたとき、私は適正な配置転換がなされたと感じた。

結婚生活が嫌だったわけではない。ただ森に巣を作るべき鳥が、鋼鉄のビルに住み着いたような違和感はあった。だから夫の巣立ちには満足している。

「離婚の原因は私の非人間性、つまり私が『ロボットみたいな女』だからです」

新町さんは私が既婚者だと知って驚いたが、その感覚がそのまま答えだ。

私のような女は一生誰からも愛されない。人を愛することもできない。ずっと母からそう言われてきた。その意見には私も同意する。

実際に私は夫を愛していない。愛するという感覚がわからない。私が夫と結婚したのは、単にプロポーズを断る理由がなかったからだ。

夫は自分が間違った選択をしたことに気づき、ようやく正しい判断を下した。

ただそれだけのことなのだと、新町さんに説明した。

「それが事実だとして、旦那さんから直接聞いたら自分が傷つくと思いますか？」

珍しく新町さんが笑っていない。

「いいえ。あの、新町さん。この話はもうやめませんか」

「先輩が嫌だからですか？　それともあたしに気を使っているんですか？」

ぐいと詰め寄ってきた新町さんを見て、不思議な感覚があった。仕事の現場ではいつも萎縮《いしゅく》しているのに、いまの強気はなぜか頼もしいように感じる。

「後者です。今日の目的は、新町さんに楽しんでいただくことですから」

「『楽しい』って、笑ったり食べたりすることだけじゃないですよ。私は先輩を知ることができてすごく楽しいです。あっ、これ不謹慎ですね」

新町さんがいつもの顔で「すいません」と笑った。決して従順ではないのに、この子を見ているといつも犬を連想する。

「失礼ついでに言っちゃいますけど、あたしはちょっとだけ疑ってるんですよね。その……旦那さんが不倫をしてた可能性ってありますか？」

「多忙で帰宅もできない人だったので、可能性は低いと思います」

「だったらなおさらあやしいですよ」

「仮に不貞行為があったとしても、私に文句を言う筋合いはありません」

離婚の理由に納得が深まるだけだ。

「筋合いしかないですよ！　……まあいいです。おかげでちょっとずつ、ムロ先輩のことがわかってきましたよ」

口にフォークをくわえたまま、新町さんはうんうんうなずいている。なにやら楽しげに見えるのは、視界を有久井さんが横切るからだろうか。

「あ、先輩どうぞ。ミルフィーユもおいしいですよ」

「いえ、別に食べたくて見ていたわけでは」

「おいしいものは分けあいましょう。ところでハンコはどうするんですか？」

「作るつもりです」

私はメニューを開いた。ご相伴《しょうばん》にあずかってミルフィーユをいただきながら、印材や書体を検討する。すぐに決まった。

「すみません有久井さん。はんこうの見積もりをお願いします」

気のせいだろうか。振り返った有久井さんの目がきらりと輝いて見えた。

「かしこまりました。実印をご要望ということでよろしいですか？」

「はい。印材は柘植《つげ》。書体は隷書。もう結婚することもありませんので旧姓のフルネーム、『青葉《あおば》ムロ』で見積もっていただければと思います」

そこへ「お待ちを」と、筑紫野さんが割って入った。

「申し訳ありません先生。お客さまに頼むのも心苦しいんですが、もう少しあれこれ悩んでいただかないと、うちの店長がいじけます」

「べ、別にそんなことは……」

両手に持っていた印材のサンプルを、さっと隠す有久井さん。その仕草が面白かったのか、新町さんの頬《ほお》がゆるみきっている。

「失礼しました。有久井さん、おすすめの印材を教えていただけますか」

「い、いえ、ご自分で選んだものが一番だと思います……思いますが、先生のような落ち着いた女性ですと、水晶や瑪瑙《めのう》のような貴石もお似合いかなと……お値段は張りますが、中には安価なものもありますし……」

有久井さんが消え入りそうな声で、けれど雄弁に言葉を並べて、印材のサンプルを見せてくれた。そのうちのひとつ、透き通った緑色の石に目が留まる。

「そちらは翡翠《ひすい》ですね。東洋では昔から珍重されていた宝石で、最近ですと乳鉢《にゅうばち》の材料などにも使われています。ちなみに翡翠は『カワセミ』とも読みます。ですが順番としては逆で、『カワセミの尾のように美しい石』というのが、翡翠の語源とする説もあります」

頭の中に、鋼鉄のビルから飛び立っていくカワセミの姿が浮かんだ。

「この石、超きれいですね。でもお高いんでしょう?」

新町さんが尋ねると、有久井さんが正確な金額を教えてくれた。

すると筑紫野さんがひょいとサンプルをしまう。

「『青葉』というお名前に相応《ふさわ》しい深緑の素材だと思いますけど、今回は見送ったほうがよさそうですね。ね、店長!?」

「あ……うん。ぼくも、今回は別の素材のほうがいいと思います」

「それはなぜでしょうか」

私以外が顔を見合わせた。しばらくして渋面《じゅうめん》の筑紫野さんが切りだす。

「高額だからですよ。先生はそれなりに貯《た》めこんでそうですけど、これからはお金が拠《よ》り所《どころ》になるんですから」

言葉選びは身も蓋《ふた》もないけれど、私の懐具合《ふところぐあい》を心配してくれているらしい。

離婚でやけになって散財していると思われているのだろうか。だとしたら、過度な心づかいであるように感じる。

「私には趣味がありません。おかげでそれなりに貯めこんでいるので、このくらいなら大丈夫です」

そう言うと、「出すぎたまねでした」と筑紫野さんに謝罪された。

その理由を考えて、自分の言葉が自虐的にとられた可能性に思い当たる。

「すみません筑紫野さん。皮肉に聞こえたなら、それは本意ではありません」

「わかってますよ。先生が嫌味を言ってくれたら、わたしはむしろうれしいです」

今度はまったく理解できなかった。なのに不快感はない。不思議な感覚だ。

その後もやんわりとほかの印材を勧められたが、私は翡翠を選び続けた。

意地を張ったわけではない。そんな感情的な行動はしない。ただ翡翠以外のものを選ぶことに違和感があった。

「来週の土曜日にはお渡しできると思います」

有久井さんにお礼を言って店を後にすると、空がチーズケーキのように赤茶けていた。ケーキセットだけでずいぶん粘ってしまったようだ。

「おいしかったし、超楽しかったですね。先輩、来週もお供していいですか？」

新町さんは有久井印房の全メニューを制覇したいらしい。断る理由もないので承諾して駅で別れた。

帰宅後は、週末のルーティンとして掃除をした。

乾いていた洗濯物を畳んだ。

食事を作ってコーヒーを飲み、眼鏡を外して入浴をすませた。

いつもと同じ時間にベッドに入る。

そこであらためて、「いつもと同じ」であることに気づかされた。

ひとり分でもふたり分でも、洗濯や料理にかかる時間はほとんど変わらない。仮に離婚をしていなかったとしても、私は今日と同じ一日をすごしただろう。

夫と暮らしていたときも、私はひとりで生きていたということだ。

なぜかそんなことを考えながら、私はベッドの端で眠った。

それから一週間がたち、私は有久井印房でハンコを受け取った。

「有久井さんのはんこうは、芸術品のようですね」

先日と同じカウンター席に座り、手にした印章を眺める。

翡翠は美しいが派手な石ではない。しかし時間が凝縮されたような落ち着いた深い緑は、「悠久」という言葉を連想させる。人工と自然が調和した歴史の色味だ。

「ほんと、きれいですよね。なんどもケースから出して眺めたりはしないかもですけど、手にしたときは確実に見とれちゃうと思います」

新町さんがパンケーキを頬張りながら私のハンコを讃《たた》えてくれる。

「印材を加工している業者さんの腕がいいんです。ぼくは彫るだけですから」

今日で会うのは三回目だけれど、有久井さんは謙虚なアリクイだと感じた。

「画家に向かって『この絵の額縁は素晴らしい』とほめる人はいません。先ほど試し押しさせていただいたとき、私は『青葉ムロ』という自分の名前が老舗《しにせ》の屋号であるかのように感じられました」

「老舗だなんて……畏《おそ》れ多いです」

有久井さんがきゅっと身を縮こまらせた。

「いいえ。このはんこうは、それだけ格調高い作品だと思います」

「格調高い……ぼくのハンコが……格調……」

有久井さんがどんどん小さくなり、ついには耳しか見えなくなった。

「おやまあ。ムロ先生、実はほめ上手なんですね。うちの店長に爪こりこりするひまも与えないなんて」

給仕から戻ってきた筑紫野さんが感心している。

「私は素直な感想を述べたまでです」

「それ以上ほめたら、店長が手のひらサイズになっちゃいますよ」

耳だけの有久井さんからできたてのピザトーストを受け取ると、筑紫野さんはにやりと笑った。

「お客さんがみんな先生のような人だと、業界の未来も明るいんですけどねー」

意味ありげな言葉を残し、ウサギのしっぽが遠ざかっていく。

「アリクイさん。やっぱりハンコ業界の未来って厳しいんですか？」

新町さんが忌憚《きたん》なく尋ねた。

有久井さんが「……はい」と、カウンターからじりじり顔を出す。

「かんばしくはありません。落款《らっかん》や御朱印《ごしゅいん》のような文化、あるいは芸術としては残ると思います。ですが日用品としてのハンコは、不要とする方向で世の中が動いているのをひしひしと感じています」

先日も話した、「印鑑レス時代」の到来を実感しているのだろう。有久井さんに表情はないけれど、毛先が力なく寝ていてさびしげな印象を受けた。

「ですが芸術品として需要があるならば、断続的でも仕事はできそうですね」

私はそう感じた。喫茶店との兼業は有効な生存戦略だと。

「でも先生、うちの店長は人を彫りたいんですよ。あー、無駄に忙しい」

また筑紫野さんが言い残し、モップを片手に去ってゆく。マテ茶が熱いと男性の悲鳴が聞こえたが、私は違和感のある言葉が気になった。

「有久井さん。『人を彫る』とは、どういう意味でしょうか」

「ぼくの師匠が言っていたんです。『ハンコは人だ。人の分身だ』と。『下手なハンコを彫ってしまえば、その客自身に傷がつく』と」

なるほど。使用目的を考えれば、確かにハンコは人に貸すことのできる自分だ。印鑑は書面の内容に同意したという言質《げんち》に等しい。

「それはつまり、偽造されないよう精密に彫れという意味でしょうか」

「技術的にはもちろんそうです。ですがどちらかと言えば、先生が先ほどおっしゃった『格調』の意味合いが強いです。ぼくたちが彫刻に精魂をこめるのは、それを持つ人に負けないものを作るためです」

持つ人にふさわしいハンコを彫れというのが、師の教えなのだろう。となると私は自分自身を、『芸術品』だ『老舗の屋号』だと評したことになる。

「このチーズケーキは、本当においしいですね」

「ムロ先輩どうしたんですか唐突に。もしかして、自分で自分をほめたことに気づいて恥ずかしくなってる感じですか？」

新町さんがにやにや笑いながら顔をのぞきこんでくる。

「わかりません。照れや恥ずかしさを実感したことがありませんから」

「だとしたら、いまがまさにそれですよ」

私はなぜかますますチーズケーキを食べたくなり、実際にそうした。

「でもいいですね。そういう話を聞くと、あたしも有久井さんにハンコを作ってもらいたくなります」

「咲良さんもぜひ。ちょっと過ぎちゃいましたけど、社会人になったお祝いに」

商機を逃さず筑紫野さんが戻ってくる。

「社会人と言えば、宇佐ちゃんもそろそろ就活？」

「ですねー。咲良さんの後輩になるかもしれません」

新町さんと筑紫野さんは、いつの間にか名前で呼びあっていた。年齢が近いから親密になりやすいのだろうか。

「宇佐ちゃんコンサル志望？　うちの会社はやめて。あたしすぐ追い抜かれる」

「まだ具体的には決めてませんけどねー」

「でも宇佐ちゃん、このお店で働くの好きって言ってたでしょ。だったらこのまま有久井印房に就職しちゃえばいいのに」

「世界はそんなに優しくないですよ」

筑紫野さんの顔が陰った。声も小さく、たぶん新町さんには聞こえていない。

「まあ……いずれおふたりには相談するかもしれませんので、その際にはよろしくお願いします」

いつものほがらかな笑顔に戻ると、筑紫野さんは仕事に戻っていった。

「さて。来週はなにを食べようかなー」

「新町さん。来週もいらっしゃるんですか？」

「なに言ってるんですか先輩。むしろ来週からが本番ですよ」

「本番とは」

「忘れているみたいですけど、ムロ先輩は離婚したんですよ。いまは平気でも、ショックは時間をおいてやってくるものです。心の傷はアリクイさんとスイーツにいやしてもらわないと」

責任持ってあたしがつきあいますと、新町さんは胸をたたいた。

誘いを断るつもりはない。けれど「ショック」は永遠にやってこないだろう。

結婚していても、離婚しても、私の生活はまったく変わらなかった。

転んだ痛みもないのだから、顔に毛布を押し当てる必要もない。

「変化はどこにでも訪れるものさ。きみたちにも、僕にも、この店にもね」

私の胸中を見透かしたように、カウンターの端から声が聞こえてきた。

かぴおさんは半分閉じたような目をさらに細め、有久井さんを見つめている。

「本当にそうですよ。いままでずっと太らない体質だったのに……」

両手でほっぺの肉をつまみ、新町さんが大きくため息をついた。

それから数日後、変化はインターホンを押して私を訪ねてきた。

「こちらにサインおなーしゃっす」

ダンボールを玄関に置いた宅配ドライバーが、当然のようにスマートフォンの画面を向けてくる。私は有久井さんのさびしそうな雰囲気を思いだしながら、初めて電子署名というものをした。

さてと荷物を部屋に運ぼうとしたが、うまく持ち上げられない。

中身は農家から通販で買っている無農薬野菜だ。重量は十キロにも満たない。店舗のオープンに立ち会うときは、もっと重いワインの木箱などを運ぶこともある。なのになぜ持ち上がらないのか。

そこでふと思いだした。この野菜定期便が初めて届いた日、私はやはりダンボールを持ち上げられなかった。するとその頃はまだひまだった夫が、箱を軽々持ち上げキッチンまで運んでくれた。

『ムロさんに持ち上げられなかったのは、腕力じゃなくてリーチの問題だろうね。この箱は平べったいから、力が分散して手首だけで持つことになるし』

夫は私よりもいくらか背が高い。それ以来、野菜定期便のダンボールを運ぶのは夫の役目になった。もともとこの定期便を頼んだのも夫だ。

やがて仕事が忙しくなって夫の朝帰りが常態化してからも、私は荷物を受け取るだけで玄関からダンボールを動かすことはなかった。

私たちは生活の中ですれ違っていた。だから離婚してひとりになっても、世間でよく言う「部屋を広く感じる」という感慨もなかった。

私は今日ダンボールを持ち上げるまで、夫の不在を意識することがなかった。

しかし翌朝にまた気づく。

出勤前にコーヒーを飲んでいると、普段よりも酸味を強く感じた。夫の分が消費されなくなったので、豆を新鮮なうちに使い切れなかったためだ。

夜にテレビのスイッチを消し、暗転した画面に映る自分を見てまた気づいた。

ひとり暮らしであるのに、私はソファの真ん中に座っていなかった。無意識に夫の座る場所を空け、首を斜めに向けてテレビ画面を見ていた。

家を出ていくにあたり、夫は入念に自分の持ち物を処分している。歯ブラシやシャンプーはおろか、一緒に映っている写真も残していない。この家の中に、夫の存在を感じさせるものはなにひとつない。

なのに私はいま、存在感のなかった夫の不在を感じている。

「だから言ったじゃないですか。ムロ先輩はさびしいんですよ」

フルーツポンチを食べながら、新町さんがやっぱりねという顔をした。

場所はいつもの有久井印房カウンター席。そろそろ離婚して一ヶ月ですけどどうですかと問われ、ソファの隅に座る癖が抜けないと話したところだった。

「『いなくなって初めて気づく』ってやつですね。かぴおくんも言ってたじゃないですか。愛のない結婚でも愛着はわく、とかなんとか」

「私が夫に愛着を持っていたということですか」

「ですよ。だってムロ先輩、けっこう一途《いちず》じゃないですか。ほら」

新町さんがスプーンで私のチーズケーキを示す。

「あたしは毎週違うものを食べてるのに、先輩はずっとチーズケーキですよね」

確かにそうだ。最近では筑紫野さんも私に注文を聞くとき、「先生はチーズケーキとブレンドですよね？」と半ば決めかかっている。

「でも先輩は、チーズケーキを愛しているわけじゃないと思います。ほかのものを選ぶ理由がないから、チーズケーキを食べ続ける。その結果、チーズケーキがメニューからなくなったときにさびしくなる。そんな感じじゃないですか？」

「私は夫を愛していなかったけれど、離婚したことで愛するようになったということでしょうか」

「ちょっと違いますね。先輩は自分に感情がないと考えていますけど、あたしはそんなことないと思うんですよ。だって先輩、あたしのこと最初からけっこう好きでしたよね？　プライベートで誘ってくれたし」

好き嫌いを問われれば、いまも会っているという結果から判断できる。しかし最初から好ましく思っていたかは判別できない。

「断る理由がないとか、消去法で残ったとか、自分が積極的に選ばなかったものってあるじゃないですか。でもそれって、無意識で好意を持っていたってことだと思うんですよ。自分が気づいていないだけで」

「私は最初から夫を愛していたということですか」

「程度は違いますがそうです。だってムロ先輩、いまさびしそうですもん」

さびしいという感覚はわからない。鏡を見ても感情は顔に出ていない。

けれど言葉や表情以外でも感情は発露する。

夫や新町さんは、それを読み取る希有《けう》な能力を持っている。

「アリクイさんはどう思いますか？」

新町さんが話を向けると、背を向けていた有久井さんが静かに振り返った。

「ムロ先生は、ハンコのことを『はんこう』と発音しますね」

「していますか？　自覚はありませんが」

「してますしてます。あたし方言かなって思ってました」

私は漢字で判子と書けるし、それを「ハンコ」と読んでいたつもりだ。出身も関東なのでそれほど訛《なま》りは強くない。

「正確には方言ではありません。書籍を印刷して売り出すという意味で、『版行《はんこう》』という言葉があります。この言葉は、後にハンコの意味も持つようになりました」

「え。じゃあ『はんこう』はハンコの語源ってことですか？」

「諸説あります。でも年配のかたほど、『はんこう』と発音しますね」

有久井さんと新町さんの話を聞いていると、幼少時の記憶がよみがえった。

母はよく物をなくしてしまう人だった。郵便の配達員が家にくると、『はんこうどこよ！』と、血眼《ちまなこ》になって部屋を引っかき回していた。

「言われてみれば、母が『はんこう』と発音していました」

「じゃあ先輩は、お母さんが好きだったんですね。口癖がうつるくらい」

「わかりませんが、母は私を嫌っていました」

最初の父が少ない蓄えをくすねて蒸発すると、母はその怒りを私にぶつけた。毎日のように「あんたが悪い」と罵られ、泣けば余計に叱責《しっせき》を受けた。

私は息をひそめてすごすようになった。それでも母の肌がむくんでいたり、爪が割れていたりすると、耳元で一日中怒鳴り続けられた。

その後に母は再婚し、しばらくは平和だった。

しかし生まれたばかりの弟を置いて二番目の父も消えてしまうと、母の罵倒はいっそう激しくなった。私がどんどん感情を失うと、今度はそのことでロボットだ、やっぱりおまえは私の娘じゃないと、存在を否定する言葉をぶつけられた。

私が感情を表に出せなくなった一方で、弟は思い切り母に甘える子だった。

弟の父も、たまに現金書留を送ってくる人だった。ハンコが必要な郵便を。

それに引き換え私の父がやったことは、母に産ませた子どもに酔って名前をつけただけだ。父が日雇いで働いていた現場で、不要なものを打ち捨てる小屋を「ムロ」と言ったらしい。

だから私には、母をいらだたせる要素がいくつも備わっている。

愛されないのも無理はないのだと説明すると、新町さんが私の手を取った。

「ムロ先輩……つらかったですね……うう……」

「すみません。気持ちのいい話ではありませんでしたね」

「そうじゃないです。そんな子ども時代をすごしたのに、先輩がいまでもお母さんを愛していることに感動しているんです」

その根拠は、私が母の口癖を引き継いでいるからだろうか。

「私が自覚しているのは、私は誰のことも好きでも嫌いでもないということです」

「感情をうまく表現できないから、そう思いこんでいるんじゃないでしょうか」

ずっと黙っていた有久井さんが私を見た。

「ぼくも人に感情をうまく伝えられません。両手を広げて怒っているのに、なぜか抱きつかれたりします。つらい身の上話を聞いて悲しい気持ちになっているのに、なぜか相手が笑顔になったりします」

その話を聞いた途端、新町さんが派手にふきだした。

「もうアリクイさん！　真面目な話なのに笑わせないでくださいよ！」

「す、すみません。ぼくはただ、心と体はつながっているので、毎日笑ったり怒ったりしていたら、体に引きずられて心もわかりやすくなるかもと言いたくて……」

有久井さんがぱたりと耳を伏せた。

心なんてものは実存しない。肉体の中で感情を司《つかさど》る器官は脳だ。けれど心を持たないロボットの私にも、脳という器官は存在する。この矛盾《むじゅん》はなんだろうか。

「つまり有久井印房に通っていれば、ムロ先輩も感情を取り戻すわけですね」

新町さんが腕組みして考えこんでいる。

私には判断できなかった。ただプライベートで新町さんを誘うなんてことをしたきっかけは、このお店にあったような気はする。

「それじゃあアリクイさん。ちょっと試しに怒ってみてくれませんか？　ムロ先輩が笑ってくれるかもしれませんし」

「急に言われましても……」

「だったらこっちをお手本にしてみますか」

いつの間にかいた筑紫野さんが、よいしょとかぴおさんを抱えた。

「物理的な距離が近づくと、心の距離も近づくっていいますよ。かぴおくんもムロ先生と同じクールタイプですけど、抱っこするとそれなりに感情が出ます」

かぴおさんは宙ぶらりんのまま、無表情に私を見ている。

「あの、それはコンプライアンスに抵触するんじゃないでしょうか」

たとえ動物であるといっても、従業員への接触はハラスメント行為だろう。

「猫カフェの猫も従業員ですよね。それにかぴおくんは紳士なので、女性と子どものためならなんでもしてくれますよ。さあどうぞ」

筑紫野さんは有無を言わせず、私の膝の上にかぴおさんを置いた。

慌てて両手を回して抱きかかえる。腕にかぴおさんの体毛が触れた。

一本一本の毛は硬いけれど、全体としての感触はやわらかい。

「先生いかがです？　かぴおくんを愛《いと》おしく感じますか？」

「……わかりません。不安と重圧を覚えます」

私が手を離したら、かぴおさんは無表情のまま落ちていきそうだ。

「では抱っこしたまま世間話でもしましょう。ムロ先生はお気づきですか？　わたしや店長が、『ムロ先生』と名前で呼んでいることに」

そういえばそうだ。最初の頃は、単に「先生」と呼ばれていたと思う。

「こんな風になんどもお店にきていただけたら、わたしたちはお客さんに親近感を持ちます。でも最初の関係から敬意も持っていますので、間を取って『ムロ先生』みたいな呼び方に自然となっていくんですよね」

そういえば新町さんも、私を「ムロ先輩」と呼ぶ。プライベートで関わる人は、誰も私を宮崎さんや青葉さんと呼ばない。

「日本社会に独特の感情ですけど、人を名前で呼ぶのって照れくさいんですよ。でもそのこっぱずかしさを越えちゃうと、ほどよくいい感じになれるんです」

人間関係が、だろうか。

「さて。わたしは自分の名前が世界一かわいいと思っているので、筑紫野さんと呼ばれてもうれしくありません。咲良さんはどうですか？」

「んー、あたしも咲良で呼ばれるほうが好きかも。会社のおじさんたちに名前で呼ばれると嫌って子もいるけど、あたしは平気かな」

親密になった結果が名前で呼ぶことだ。だから男性社員が初対面から名前で呼んでくると違和感がある人もいる。筑紫野さんの話は本末転倒ではないか。

「ムロ先生、いま正直微妙って思ってますよね？　感情って、そうやって空気みたいに自然と流れでるものだと思います。それをふまえて、いまムロ先生の膝に乗ってている子の名前を呼んでみてください」

理解した。筑紫野さんは呼び方の話をしているのではなく、私に照れを意識させようとしているのだ。最初から名前しかないかぴおさんを使って。

「わかりました。やってみます」

私は呼吸を整えて、膝の上の紳士に声をかけた。

「かぴおさ……かぴおくん。ご機嫌いかがですか」

私に名前を呼ばれると、茶色いカピバラはすとんと床に降りて店の奥へ消えた。

もしや気を悪くしたのかと思ったが、すぐに戻ってきたかぴおさんは、手にしたローラー式のクリーナーで私の服についた毛を取ってくれた。

「超かわいい……」

それは新町さんの感想だったけれど、私も同じ気持ちであるように思えた。

3

六月が終わり、仕事用のジャケットを七分袖にした。

羽織ったままでも水仕事をできるのがいい。そう思って選んだつもりだが、かつての母も仕事に出る際は派手なスーツの袖を折り返していた。影響を受けたかは定かでないものの、鏡の中の自分を見て母を思いだしたのは間違いない。

似たような話はまだある。有久井印房にも夏らしいメニューが増えていたが、私はいまだにチーズケーキとブレンドを注文していた。

好きだから、とはまだ実感できないものの、安心するという感覚はある。

落ち着く。なごむ。似ている。ストレスを感じない——。

そういう意識と愛が同じベクトルにあるならば、私は母もチーズケーキも新町さんもアリクイさんたちも、みんな好んでいるのだろう。

有久井印房に通うにつれ、私は感情というものを自覚し始めていた。

それは楽しい気分になることばかりでもない。

自宅ではいまだにソファの端に座っている。それが夫に対する愛着なのだと薄々感じるようになると、なぜか鼻の奥に刺激があった。同時に夫に対して謝罪をしたい欲求に駆られた。

「それは、ムロ先輩が後悔してるってことですね」

私が自分の肉体的変化と欲求について話すと、咲良ちゃんは二杯目のクリームソーダを食べながら教えてくれた。

「私が離婚に対して後悔しているということでしょうか」

呼び方は「咲良ちゃん」になったけれど、敬語はいまだに使ってしまう。これは親密度の問題ではなく、私が丁寧な言葉使いを好んでいるからではないか。自己分析でそう判断したので、今後もこの口調は変わらないかもしれない。

「どうかなあ。ムロ先輩が旦那さんに謝りたいのって、いまの自分を見てほしいと感じているからじゃないですか？」

私は夫に愛着があったと自覚しただけで、いまなら結果が変わったかもしれないと悔やんでいるのだろうか。だとしたらずいぶん傲慢だと思う。

「たぶんですが、そこまで強い感情ではないと思います」

「旦那さんとやり直したくないんです？」

「これ以上は迷惑をかけたくないという思いがあります」

「ふむ。先輩が感じているのは『負い目』ですね。どう思いますかアリクイさん」

「えっと……そういう話は宇佐ちゃんのほうが得意だと思います……が」

アリクイさんはいったんは目をそらしたけれど、なにか思うところがあったのか言葉を続ける。

「夫婦の問題ですから、どちらか一方だけが悪いということはないと思います。ムロ先生が負い目を感じているのなら、旦那さまも結婚生活になにかしら後悔はあるんじゃないでしょうか」

「おお……アリクイさん恋愛相談もいけるじゃないですか！　つまり電話をかけて聞いてみろってことですね？」

「違いますよ！　自分ばかりを責めないでくださいと言いたかったんです」

アリクイさんがぶるぶると首を横に振った。顔が細長いので鼻先がしなる。

「でも先輩。電話してみるってのは、アリかもしれませんよ」

「そうでしょうか。夫からすれば不愉快に思うかもしれません」

今頃は別の家庭を築いている可能性だってある。

「でもアリクイさんが言ったように、旦那さんも後悔しているかもしれませんよ。ワンチャンやり直せるかもですよ！　ほら！」

断り切れずにスマートフォンの電話帳を開いたのは、私に感情が萌芽《ほうが》しつつあるせいだろうか。制御ができないこの感覚を、私はいまだ持て余している。

『この電話は、現在使われておりません』

ためらいながら夫の名前をタップすると、そんなアナウンスが流れた。

耳をそばだてていた咲良ちゃんの顔が凍りつく。

「べっ、別に先輩を避けたとは限らないじゃないですか！　会社のほうに連絡してみましょう！」

そこで素直にかけてしまったのは、私が動揺していたと判断すべきだろう。

電話はすぐにつながった。応答した女性に編集部の宮崎をと頼む。

『宮崎は五月に退職しました。後任のものに取り次ぎますか？』

数秒間、私のすべてがフリーズした。やがて吐き気のような感覚が襲ってくる。

息苦しさに耐えて新しい勤め先を尋ねたが、誰も知りませんと素っ気なく告げられた。転居先も不明だとつけ加え、相手は迷惑そうに電話を切った。

「先輩……大丈夫ですか？」

「はい。大きな問題はありません」

視線が定まらない。手と膝が震えている。けれどそれだけだ。

体にささやかな変調があるだけで、私はいつもと変わらない。


月曜日に目が覚めると、すでに咲良ちゃんと駅で待ちあわせる時間だった。

走って家を出て直接客先に向かう。ワークショップ形式の会場に着くと、入社三ヶ月の新人がたどたどしく講義をしていた。

「すみません新町さん。すぐに代わります」

参加者に謝罪をしてエプロンを巻くと、咲良ちゃんが小声でささやく。

「今日はあたしがなんとかします。先輩は休んでください」

「大丈夫です。病気ではなく、ただ寝坊しただけです」

「寝坊は立派な病気です。夜に眠れない原因があるんですから、ちゃんとアリクイさんに診てもらってください」

会社には私が急病のため家に帰したと連絡したらしい。いまから訂正すれば咲良ちゃんに余計な迷惑がかかってしまう。

「技術的には先輩の足下にも及びませんけど、参加者さんたちとは仲よくできてるんで大丈夫ですよ。ほら先輩、講義の邪魔です」

受講者のひとりが「先生まだー？」と親しげに文句を上げる。現場の空気は和やかだった。私が講師のときはもっと真剣というか、誰もが深刻な顔をしている。

自分が役に立てそうにないと悟り、私は咲良ちゃんに頭を下げて会場を出た。

駅まで戻る足取りが重い。意気消沈とはこういう感覚だろうか。

会社に戻るわけにもいかず、かといって自宅に帰るのも気がとがめた。

私の足は、自然と有久井印房へ向かっている。

「いらっしゃいませ先生。カウンターのお席へどうぞ」

昼にもならないうちに訪れた私を、宇佐ちゃんはいつも通りに出迎えてくれた。

「先生こんにちは。今日は暑いでしょう」

カウンター席に座ると、アリクイさんもなにも聞かずにミルを回す。

いつもの豆の香りをかいだ途端、肩からすっと力が抜けた。

そのままブレンドを入れてくれるのかと思ったら、アリクイさんはクラッシュアイスを詰めたグラスにコーヒーを注いだ。パチパチと氷がきしむ音が涼しい。

そこでようやく、自分が全身に汗をかいていることに気づいた。

「ありがとうございます。いただきます」

アイスコーヒーを一気に半分ほどすすり、チーズケーキをひとくち食べる。

「おいしい……」

いつにも増しておいしく感じた。遅刻して朝食を抜いたせいかと思ったが、よく考えたら昨日の夜も食べた記憶がない。

飢餓に似た激しい空腹に衝《つ》き動《うご》かされ、チーズケーキをむさぼるように食べる。

さわやかな甘み。濃厚なチーズのコク。その繰り返しに身を委《ゆだ》ねると、あっという間に完食していた。しかしコーヒーを飲むと再び胃が動きだす。まだ食べたい。

「ぼくには家族がいます」

手にミトンをはめながら、アリクイさんはひとりごとのように言った。

「ぼくに印章彫刻を教えてくれた師匠です。師匠は人間なので血はつながっていませんが、我が子のようにかわいがってくれました」

両手でオーブンを開けながらアリクイさんは続ける。

「師匠はよく言います。人間はひとりでは生きていけないと。誰とも話さず独力で生きているつもりでも、結局は社会の中で生きていると」

オーブンの中から茶色くて背の低い円筒形の物体が現れた。質感的には土器のように見える。その正体が切り分ける前のチーズケーキだと気づいたのは、むせ返る香りで食欲がさらに刺激されたからだ。

「と、いうわけで。なにかあったらいつでもお店にきてくださいね」

いつの間にかそばにいた宇佐ちゃんが、微笑みながら一枚の紙を手渡してくる。

開いてみると、電話番号らしき数字の羅列だった。

「さっき判明したんですが、ムロ先生のご主人はそこにいらっしゃいます」

アリクイさんの言葉に驚いて顔を上げる。

「アリクイさんが調べてくれたんですか」

「ええと……お名前は伏せますが、常連のお客さまがムロ先生にお詫《わ》びしたいとおっしゃっていました。その方が、あちこち飛び回って調べたものです」

「私にお詫び……どういった件でしょう」

有久井印房の客とトラブルになったことはない。実生活でも同様だ。

「なんでも夜道で先生の肩にぶつかってしまったそうです。しかし追われているため謝罪できなかったとおっしゃっていました」

そういえば、以前に夜道で肩をたたかれたことがあった。しかし振り向いても誰もおらず、普通ならここで悲鳴を上げるのだろうと思った記憶がある。

しかしそれは妙だ。あの夜は周囲に人の気配がなかった。

追う者や追われる者がいたならば、私は確実に気づいたはずだ。

「そのお方は、いったいなにに追われていたんでしょうか」

「締め切りだそうですよ」

アリクイさんに代わって宇佐ちゃんが答えた。その目は普段よりも優しげに奥のテーブル席を見ている。そこに疲れ切ったような一羽のハトが、タイプライターにつっぷしていた。

「その……ぼくたちはずっとお店にいます。ケーキを作ったりハンコを彫ったりしかできませんが、ムロさんのお越しをいつでもお待ちしています」

まだ温かいチーズケーキが、私の目の前に置かれた。

アリクイさんが頭を下げ、隣で宇佐さんもお辞儀する。

カウンター席の奥では、かぴおくんもこちらを見ずにうなずいている。

アリクイさんが唐突に師匠の話を始めたとき、私は言わんとしていることの意味がつかめなかった。

それがこの店を「家族のように思ってほしい」と伝えたかったのだと理解できたのは、宇佐ちゃんからもらった番号に電話をかけたときだ。

『はい。望口中央病院です』

五月の連休前に離婚してから、夫はずっと入院していた。

「やあムロさん。久しぶり」

別人のようにやせ細った夫は、私を見ると苦い顔で笑った。

がん細胞はすでに転移しており、回復する見込みはもうない。病室へ案内してくれた夫の母から聞かされたとき、私は後悔と悲しみと自分への憤りを感じた。

「ごぶさたしています」

夫に下げた頭をなかなか上げられない。向きあうことが恐ろしい。

「じゃあロクちゃん、あとでまたくるわね。それじゃあね、ムロちゃん」

かつての義母が会釈して病室を出て行く。以前はいくらかふくよかだったが、いまや息子同様にすっかりやつれていた。

「母さんには、離婚した理由をちゃんと話してあるよ。ムロさんのことを責めたりしないから大丈夫」

おびえる私とは裏腹に、夫は落ち着き払っている。

「その件ですが、私には教えていただけませんか」

「離婚の理由？　見ての通りだよ。僕はもう長くないから」

「ごめんなさい緑郎《ろくろう》さん。おっしゃる意味がわかりません」

「ああ……やっぱり離婚して正解だったね……」

夫がかすかに顔をしかめた。

「大丈夫ですか。お医者さんを呼びますか」

「平気だよ。今日はまだ死なないと思うから」

苦しげな咳《せき》を二度してから、夫が水差しを口に含む。私は目をそむけた。

枕元の物入れには、見舞いの品がほとんどない。同僚にも報《しら》せていないようだったし、知人や親戚にも連絡していないのだろう。

となると夫の面倒は、義母がひとりで見ているはずだ。

夫も私と同じく、母子家庭で育っている。

「ムロさん、今日は時間あるの？」

「はい。急遽《きゆうきよ》お休みになりました」

休みになったいきさつを話すと、夫は声を出して笑った。そういえばこんな風に笑う人だった。記憶の中の笑顔はずいぶん若い。

「じゃあゆっくり話をしようか。座って。あ、その前に少しだけカーテンを開けてもらえるかな。外を見たいんだ」

病室は六人部屋で、夫のベッドは窓際にあった。ほかの患者がまぶしくならないように、カーテンは少しだけ開けるに留《とど》める。

「ごめんね。僕はムロさんになにもしてあげられなかった」

夫の話は脈絡があるようでなかった。ずっと前から引きだしにしまってあった言葉のように聞こえる。

「私のほうこそすみませんでした。緑郎さんが病に侵《おか》されていると、気づくことすらできませんでした」

「気にしないで。仕事ばかりしていた僕が悪いよ。でも結果オーライかな」

「どういう意味でしょうか」

「僕がもう長くないと知って最初に考えたのは、ムロさんのことだったよ。自分でもちょっと意外だった。これ、どこから話そうかな……」

夫が考えている間に窓の外を見る。道路をはさんだ向かいのビルに、夏の光がまぶしく反射していた。その屋上に見覚えのあるハトがいる。

私が頭を下げると、ハトは満足そうに翼を広げて飛び去った。

私も夫や咲良ちゃんのように、仕草で感情がわかるようになってきた気がする。

「ムロさんって、やっぱり美人だよね？」

ふいに夫が言った。慌てて向き直る。

「私に聞かれても困ります」

「いまね、やっぱり離婚してよかったって思ったんだ。ムロさん、ものすごくいい顔で鳥を見ていたから」

「緑郎さん。そろそろ理由を説明してくれませんか」

夫が薄く笑って窓の外を見る。横顔になつかしさを感じた。

「初めてムロさんを取材させてもらったとき、だったかな。美人だけどロボットみたいな人だなあって思ったんだよね。それでインタビューしているうちに、こう、意地悪をしたくなったんだ」

「『次の質問です。僕と交際してくれませんか?』ですか」

うちの会社が依頼した宣伝記事を書いたのが夫だった。

「そうそう。それでムロさんは『承知しました』って答えたよね。仕事かよって思ったけど、やっぱりうれしかったよ」

いままで三回、男性から交際を申しこまれた。しかし夫以外の相手とは数日も続かなかった。ビジネスライクすぎる。ロボットと話している感覚に陥る。そんな風に相手はうんざりした顔で、私のそばから離れていった。

「つきあってしばらくすると、この人はやっぱりロボットじゃないかと思うようになったよ。全然心を開いてくれないし、年下の僕に敬語を使うしね。でも不思議と嫌われている気もしなかったから、結婚すれば変わるかなって思ったんだ」

そう思ってくれたことを、いまの私は感謝している。

けれど当時の私は変わらなかった。互いに仕事が中心の生活を送り、たまに休日が重なっても同じ部屋にいるだけで、一緒の時間をすごしていなかった。

「私との結婚生活は、さぞつまらなかったでしょう」

「正直に言うとそうだね。でも嫌なわけではなかった。それに生活がすれ違っても改善しなかった僕も同罪だよ。僕もつまらない人間だった」

夫は私よりも人間的だが、欲望の面ではロボットに似ていた。悪くないなら問題ない。よりよくしようとは思わない。いつも感情がフラットだった。

「だから離婚しようなんて思わなかった。でも病気になって……」

夫が咳《せ》きこんだ。ナースコールを押そうとすると止められる。

「大丈夫。少し疲れただけだから」

大きく息を吐き、ぐったりした様子だ。日をあらためたほうがいいだろう。

「すみませんでした。明日またきます」

「仕事は？」

「休みます」

「休めないでしょ」

「では辞めます」

夫がまた呟きこむ。しかし目は笑っていた。

「ムロさん、言ってることむちゃくちゃだよ。らしくないよ」

「私はあなたに愛着を感じていました。ですがふがいないことに、離婚に至るまで気がつきませんでした。私たちは法的にはもう他人です。しかしいまでも『元夫婦』というわずかなつながりはあります。いまさら遅いのは承知しています。ですがお嫌でなかったら、あなたのそばにいさせてください」

口が追いつかないくらいに言葉があふれてきた。

やり直したいと言いたいわけじゃない。ただ横顔がなつかしいと思ったときに、私は本当に夫と正面から向きあっていなかったのだと悟った。そのことが悔しくて、夫が健康でないことが悲しくて、ほとばしる感情に体の制御を奪われていた。

「僕も同じなんだ」

渦巻く感情をかきわけ、夫の言葉がかろうじて耳に届く。

「情けないことに、病気が発覚して初めて、僕もムロさんのことを気に入ってたってわかったんだよ。それまで忙しさにかまけて積極的にコミュニケーションを取らなかったことを、いまさら後悔したりしてね……泣かないでムロさん」

感情がなくても涙は知っていた。けれど自分がしゃくりあげるほどに泣いたのは初めてだ。感情が理性を追い越してどうにもならない。

「僕が離婚を切り出したあの日。ムロさんはとても楽しそうに見えたんだよ。それでふと思ったんだ。僕なんかと結婚しなければ、この人はもっと感情豊かだったかもしれないって。その考えはその場の思いつきじゃなかった。ずっと心のどこかで考えていたから、最後の最後に確信になったんだ」

だからあの場で離婚を決めたのだと夫は言う。それまではケーキを食べながら病気のことを話しあうつもりだったと。

「そして僕の判断は間違ってなかった。ムロさんは今日、僕のことを名前で呼んだよね。結婚前は宮崎さんで、結婚してからはずっと省略されてた」

「いまは緑郎さんに愛着を感じているんです。これまではロボットのような女でしたが、あれから私は感情を、心を、取り戻しつつあります」

夫に手を伸ばした。弱々しい力が握り返してくる。

「偶然が重なって、僕たちは結婚したと思ってた。だからいまさらムロさんを愛《いと》しく思うのは、おこがましいって感じてた。それでもやっぱり、今日ムロさんがきてくれてうれしかったんだ。変だよね。終わりがきてからこんな風になるなんて」

「その気になれば再婚は可能です。相手が元夫である場合、民法における再婚禁止期間は適用されません」

私の言葉に対し、夫はうれしそうな顔でうなずくだけだった。

夫が言った『終わり』とは、夫婦関係の解消ではない。

それをはっきり感じ取ったとき、私はひとつの覚悟を決めた。

「それじゃ、ちょっと眠ろうかな。ムロさん、絶対に仕事やめないでね」

うなずいてカーテンを元に戻し、夫の寝顔にまた明日と声をかける。

病室を出てエレベーターを待っていると、義母に声をかけられた。

「今日はありがとうございました。ロクちゃんのためにわざわざ……」

声を殺して泣く義母を支えながら、ロビーのソファへ連れていく。

「私は明日もお見舞いにきます。お許しいただけるなら、これから毎日きます」

義母が泣き顔を上げて驚いた。

「でも、あなたとロクちゃんはもう離婚を……」

「ご理解いただけないかもしれませんが、離婚したことで初めて、私は緑郎さんと向きあえたんです。お義母《かあ》さまひとりではお世話も大変でしょうし、最期までそばにいさせてください。どうか、お願いします」

顔を伏せた義母にも見えるよう、深く深く頭を下げた。

義母がありがとう、ありがとうと声を震わせる。

私の目からも涙がこぼれ、革張りのソファにぽたぽたと落ちた。

「あなたがロクちゃんと結婚してくれてよかった」

義母が私の手を取って口にしたこの言葉は、三ヶ月後にまたくり返された。

4

母の葬儀があった日、泣いていたのは弟だけだった。

けれどももしもあの日に戻れたなら、私もやはり涙を流したと思う。

木々が枯れ始めていく季節に、夫は亡くなった。

末期がんといっても、闘病生活は長く続くと思っていた。発見時にはすでに転移があったため、私と離婚した時点で余命一ヶ月と宣告されていたらしい。

『なのに五ヶ月も生きたのよ。あなたがロクちゃんと結婚してくれてよかった』

葬儀の後に、義母は泣きながら感謝を伝えてくれた。

予想外に短かった夫の最期を看取《みと》ると、私は仕事に復帰した。会社は辞めなかったが休職はしていたため、咲良ちゃんにはずいぶん迷惑をかけただろう。

そんな思いがあったので、週末になると有久井印房を訪ねた。夫の逝去をアリクイさんたちに報告することと、咲良ちゃんに葬儀出席のお礼を言うために。

「どうもどうも。先日はあれこれお世話になりました」

カウンター席に座ると、まず咲良ちゃんがアリクイさんにお礼を言った。

どうやら私が休んでいる間に、咲良ちゃんもいろいろあったらしい。私にはよくわからない、「四本目」やら、「北海道《ほっかいどう》」といった単語が耳に入ってくる。

「お久しぶりですムロ先生」

咲良ちゃんとの会話を終えて、アリクイさんがブレンドを入れてくれた。

なつかしい香りにほっとする。同時に経過した時間を意識させられた。

「その節はありがとうございました」

おかげで夫の最期を看取ることができた。そう報告をすると、アリクイさんはときどきうなずきながら話を聞いてくれた。その姿を見て夫の言葉を思いだす。

『きれいだね。ものすごくきれいだ』

どうしてもと言うので、夫に翡翠のハンコを見せたことがあった。それが自分の分身だと思うと気恥ずかしく、私はすぐにハンコをしまった。

その反応をどう誤解したのか、夫はなぜかアリクイさんがうらやましいと機嫌を損ね、口をとがらせてこう言った。

『僕の名前で、翡翠を連想してくれたのならよかったのに』

そのときに至るまで気づかなかったが、夫の名前にも「緑」という字がある。私が翡翠以外に目を留めなかったのは、そのせいだったのかもしれない。

「すごいですね。自分をロボットだと言っていたムロ先輩が、いまやのろけるまでになるなんて。あたしはなんだか複雑な気分ですよ……」

咲良ちゃんがなぜかため息をついた。

『人間は幸せなとき、本当に幸せだなあって思うんだね』

ベッドの上で三十年に足りない人生を振り返りながら、夫はいまが一番幸せだということをよく言った。死にゆく自分がそんな風に思えるなんて、本当に離婚してよかったと。この話は咲良ちゃんに言わないほうがいいだろうか。

「ムロ先輩は、いまの仕事を好きですか？」

咲良ちゃんが秋期限定のフルーツパフェをつつきながら言った。仕事でなにかいいことでもあったのか、表情が主人と遊ぶ犬のようにうきうきしている。

そういえば夫が言っていたことのひとつに、私が犬好きというのがあった。顔には出ないけれど、見かけるといつも目で追っていたらしい。

私が最初から咲良ちゃんを気に入った理由は——これも言わぬが花だろう。

「仕事は好きでも嫌いでもないです。咲良ちゃんはどうですか」

「初めて同行したとき、あたしが最初に質問したことって覚えてます？」

「最初となると、『趣味はなんですか』でしょうか」

それはロボットの私に対して優位を保つための質問だと思っていた。実際は多趣味な咲良ちゃんが私と仲よくしようと振ってくれた話題だ。一緒に仕事をするようになって、咲良ちゃんの社交性に驚かされることは多い。

「そうです。それで先輩は、『趣味はありません』って答えたんですよね。なので今度はこう聞きます。ムロ先輩、特技はなんですか？」

「特技……ですか？　書道をやっていたので一応段位はありますが……ほかには仕事に関係する資格もいくつかあります。役に立つという意味では、日常会話程度ですが英語も話せます」

大学時代に勧誘を断れず、書道と英会話のサークルを掛け持ちしていた。

「それなんですよ！」

咲良ちゃんが大きく目を見開いた。

「あたし、趣味はたくさんあるけど特技がないんです。色んなものに手を出しはするんですけど、どれも中途半端なんですよね。あたしにはなにもないんです」

「そうでしょうか。趣味と特技の差は曖昧なものだと思います。たとえば宇佐ちゃんは趣味でイラストを描かれているようですが、私から見ればチョークアートという立派な特技です」

言いながらホールに目を向けると、働く宇佐ちゃんの垂れ耳がひくりと動いたように見えた。まるで音感センサーでも仕込まれているように。

「それなんですよ！　一朝一夕《いっちょういっせき》にまねのできない、ともすれば仕事になるような趣味こそが特技なんです。それがないのが、ずっとあたしの悩みでした」

「それは違います。咲良ちゃんの特技は、話題の広さで誰とでも話をあわせられることです。それが社交的な性格と組みあわさることで、咲良ちゃんは開業を控えて緊張している受講者たちとも、すぐに打ち解けていました。私には決してまねのできない高度なスキルです」

社交性は資格欄に書けない。「話題の多さ」は文字にすると陳腐化する。

けれどそれらは誰にでもできることではない。人からうらやまれる素養を特技と言わずなんと言うのか。

そう伝えると、咲良ちゃんが三度目の「それなんですよ!」を叫んだ。

「あたし、いま仕事が楽しいんです。ムロ先輩が休んでいる間めちゃめちゃ失敗ばかりでしたけど、がんばろうって思えたんですよね。先輩のおかげで」

「私が休んでいたから、働かざるを得なかったという意味でしょうか」

「違いますよ! 覚えてないんですか? 休職中の先輩に仕事の失敗をラインで愚痴ったら、いまと同じようなことを返してくれたんですよ。『私は咲良ちゃんがうらやましいです』って」

そんなことがあった。咲良ちゃんはよくそそっかしいミスをする。それで落ちこむこともあり、『わけあって絶対に辞められないけど、あたしこの仕事向いてない気がします』と弱音を吐くことがあった。

それに対して私は、『咲良ちゃんはこの仕事を好きになれる人だし、仕事からも好かれる人だと思います』と返している。うまく励ます能力がなかったので、ただ客観的な事実を述べるしかなかった。だからうらやましいとも書いたと思う。

「憧れの先輩にあんなこと言われたら、がんばっちゃうしかないじゃないですか。あたしは仕事を特技にしてやるんだって」

「おー。かっこいいですね」

宇佐ちゃんが会話に加わった。

「趣味は仕事っていうとあれですけど、特技が仕事だと印象が四十五度違います」

「ちょっとしかよくなってない！　なに宇佐ちゃん。やっぱ就活が近いと、仕事の話は興味ある感じ？」

「そうですね。ムロ先生の仕事論も聞いてみたいです」

「私は……仕事を概念的に特別視する必要はないと思います」

ほうほうと宇佐ちゃんが相づちを打つ。

「社会に出ると生活の大半を労働が占めます。だから好きなことを仕事にすればいいという考えがもてはやされます。ですが様々な理由で、私を含めて大半の人にとっては、仕事はあくまで生活手段です」

「なるほどなるほど。ではあえて勘違いした学生風に聞いてみますね。そんな社会の奴隷みたいな生活で、ムロ先生は幸せですか？」

劣等感を抱えた人間が、優位に立とうとしてする質問だ。

しかしそれを装って宇佐ちゃんが尋ねたいのは、私の中の本質だと思う。

「中には就いた仕事が向いていて、咲良ちゃんのように特技にしようと思える人もいるでしょう。それは素晴らしいことだと思います。でも私は、働くことを睡眠や食事と同じようなものととらえています。それでも私は幸せです」

濃厚なのに食べ飽きないチーズケーキ。香りに親しんだブレンドコーヒー。夫にも美しいとほめられた翡翠のハンコ。咲良ちゃんとのおしゃべり。そして私から感情を引き出してくれた、アリクイさんたちの存在――。

「私の好きなものは、全部ここにありますから」

有久井印房で時間をすごすだけで、私は安らぎと生を実感する。過去に転んでずっと傷ついていた私は、やわらかいこの店を顔に押し当てていたのだろう。

「じゃ、じゃあ最後に、店長の仕事論も、聞いて、みましょうか……」

「ぼ、ぼくは別に……ええと、次のオーダーは……」

宇佐ちゃんもアリクイさんも、なぜかふわふわと落ち着きがない。

「この店にいるときが一番幸せって言われたんですから、そりゃあ働いてる人は照れますし、感動しますよねぇ」

咲良ちゃんが笑いながら小声で教えてくれた。

「ほら早く！　いつも縁がどうの、ハンコがどうのって、語るの大好きじゃないですか！　仕事についてもネタのストックがあるんじゃないですか？」

宇佐ちゃんがアリクイさんの長い尻尾をつかんで逃亡を防ぐ。そうされるとどうしようもないのか、アリクイさんは「うう……」とうめきながら口を開いた。

「その……自分が誰かの人生を幸せにするなんてことは、多くの場合一生でひとりの相手にしかできないと思います。でもささやかに、名前も知らない相手をほんのすこしだけ幸せにできるかもしれないのが、仕事なんじゃないでしょうか」

咲良ちゃんと宇佐ちゃんが「おお……」と声をそろえて感心する。

私は夫の顔を思い浮かべた。死へ向かいながらも夫は幸せだと言ってくれた。私がたったひとりの家族を幸せにできたのは、間違いなく有久井印房のおかげだ。アリクイさんがその仕事で、私を少し幸せにしてくれたからだ。

からんと、店のドアベルが鳴った。宇佐ちゃんがお客さんを出迎える。

「いらっしゃいませ。タマさんお久しぶりですね」

「色々あってね。今日は連れがいるからテーブル席がいいな」

首から社員証をぶら下げた女性の後ろに、きょろきょろと落ち着きがない男性がいた。おそらく有久井印房が初めてなのだろうけれど、私は彼を知っている。

「えっ、姉ちゃん？」

私に気づいて、弟が裏返った声を出した。

「お久しぶりです。元気ですか」

弟は母に遠慮して私を避けていたので、連絡は数年前からとっていない。

「久しぶりっていうか、えっ？　姉ちゃんいま笑った？」

「笑いました。すみません、弟がいつもお世話になっています」

驚愕《きょうがく》する弟をよそに、私は先輩社員であろう女性に挨拶する。

「いえいえこちらこそ。お姉さんですか？　青葉くん、若手のホープですよ」

これからもよろしくお願いしますと頭を下げると、弟は混乱したまま女性に案内されていった。

「弟さん、全然似てませんね」

咲良ちゃんの言う通り、外見に共通性はまったくない。

けれど内心で、私はやっぱり家族だと痛感していた。

「えっ、本物のアリクイなんですか？　ここアリクイのはんこう屋なんですか？」

聞こえた弟のイントネーションが、私はとても愛おしく思えた。

ARIKUI no INBOU

三姉弟とミックスサンドとお持ちこみ彫刻

1

スマホ画面の中、ドット絵の女の子が「お化け屋敷《やしき》」を進んでいく。

一歩一歩。行きつ戻りつ。待ち受けるバケモノと死の罠《わな》におびえながら、それでも歯を食いしばって夜の洋館を探索する。

『この女の子は偉いね。ボクはこんな風に戦えなかったよ』

ヴィオレが言った。その声はいつもよりもかすれている。きっと過去を思い返しているんだろう。ヴィオレは自分が不登校児だと放送で公言していた。

『女の子を操作してるのはボク？　まあそうなんだけどね……』

コメントを拾って自嘲気味に笑うと、ヴィオレはすうっと息を吸う。

『よし、いこう』

意を決したように、画面の中の女の子が廃屋の階段を上り始めた。

俺はごくりとつばを飲む。

主人公の女の子が、「お化け屋敷」から脱出する人気のホラーゲーム。

それをライブ配信アプリで実況プレイする、ヴィオレッタ——通称ヴィオレという性別不詳の配信者。

そんなヴィオレによる声だけの配信を、ベッドに寝転びスマホで見ている俺。

昔プレイしたことのあるゲームなので、先の展開は知っていた。このまま進むと巨大な生首が現れ、女の子を食い殺そうと転がりながら追いかけてくるはずだ。

はたしてヴィオレは、その恐怖に耐えられるだろうか――。

「ぎゃあああああ！」

悲鳴というより絶叫に近い声は、イヤホンの外側から聞こえた。

俺はうんざりとため息をついてから、自室を出て負けじと大声で怒鳴る。

「朝からうるせぇ！　なんなんだよ姉ちゃん！」

「寝坊した！　なんで起こしてくれないの蒼衣《あおい》！」

階段の下で姉の咲良《さくら》がわめいていた。やかましいので一階へ降りる。

「一回起こしただろ。そもそも社会人が高校生に起こしてもらおうとすんな」

「今日から先輩に同行なんだよ！　遅刻したら目からビームとか出されて、あたし跡形もなく消される！」

「先輩ロボットかよ。つかそんな日に二度寝するとか、いよいよ病気だな」

咲良の寝坊はいまに始まったことではない。

俺の前はもうひとりの姉の澄礼《すみれ》が起こしていた。それより前はばあちゃん、もっと前は両親と、咲良は生まれてからずっと起こされ怒られている。

「認める！　寝坊は病気！　ああどうしよう！」

「とりあえず化粧はあきらめろ。髪は奇跡的に寝癖がいい感じだ。着替えてすぐに出ればギリ間にあう。ほらキリキリ動け」

俺は二度目のため息をつき、台所に移動して牛乳を飲んだ。

あのちゃらんぽらんが妹ならまだしも、姉である上に両親亡きいまは保護者というのだから泣けてくる。

「じゃあ行ってくる！　夕ご飯までには帰るから！」

どうにかスーツを着終えた咲良が、わちゃわちゃと玄関へ走ってきた。

「夕飯はともかく、これ持ってけ」

パンプスに苦戦している後ろ姿に、ラップで包んだおにぎりを投げる。

すると咲良は振り向きもせず、こともなげに後ろ手でキャッチした。

この姉はイチローの真似事《まねごと》ができるくらい、運動神経に恵まれている。しかし飽きっぽい性格が仇《あだ》となり、部活はなにをやっても一年もたなかった。そのくせ友人だけは多く、困ったときにはいつも誰かが助けてくれる。澄礼とは真逆の人生だ。

「食っとかないと客先で腹鳴るぞ。仕事くらいはちゃんとやれ」

「ありがとう蒼衣！　お姉ちゃんがんばるね！」

ようやく騒がしい姉が去ったので、俺は急いで部屋へ戻った。

ライブ配信アプリはアーカイブが残らない。にもかかわらずヴィオレは毎日朝と夜の二回も配信する。おまけに深夜のゲリラも多いリスナー泣かせだ。

そのうち朝の配信は、いつも俺が学校に行く時間に行われている。だから体育祭の振替休日である今日を逃すと、次に視聴する機会はそうそうない。

俺はベッドにダイブした。イヤホンを耳にねじこむ。さてゲームはどのくらい進んだかとスマホを見たところ、家中に玄関チャイムの音が響いた。

「新町《しんまち》さーん。宅配便でーす」

んがあああっと叫んでまた部屋を飛びだす。

「なんで！　朝の九時前に！　宅配が！　くるんだよ！」

階段を数段抜かして飛び降りて、思い切り玄関の引き戸を開けた。

「あれ。いたんですか珍しい」

俺を見るなり、顔なじみの宅配ドライバーは言った。

「今日は学校休みっす。ずいぶん早いっすね」

「やー、昼間にきても留守だから、いつも朝イチで不在票だけ入れにくるんすよ。こっちも配送の順番とか進捗《しんちょく》の報告とか、いろいろ都合があるんで」

学校から帰宅後にその不在票に連絡し、夜に荷物を受け取るのが俺だ。我が家には昼間に宅配を受け取れる人間が存在しない。

「いるならいるで助かりやした。こちらにサインおなーしゃっす」

スマホに荒く電子署名をする。力任せに引き戸を閉めると、俺は荷物を抱えたまま二階に上がり、自室――には入らず、隣の部屋のドアをたたいた。

「いいかげん荷物くらい自分で受け取れよ！」

部屋から反応はない。だが澄礼は確実にいる。

「毎日ネットでばかすか買い物しやがって。親の貯金を食い潰す気か？」

もうひとりの姉、次女の澄礼は昨年からずっと部屋に閉じこもっている。両親がいない時点で人生ハードモードなのに、我が家にはひきこもりまでいるのだ。

もともと根暗というかオタクっぽい感じではあったけれど、高校を卒業するまでは澄礼もまともだった。大学に入ってからなにかあったらしいが、ひきこもりの理由は咲良も俺も知らない。

昔の澄礼はうっとうしいくらい弟に優しい姉だった。

だからといって、こうなってせいせいしたとは言えない。

ひきこもりを抱えている家族ならわかるだろうが、害はなくても存在感がストレスになる。学校に行かなくてもいいから、せめて部屋から出ろと言いたい。

「今日は学校休みだから昼も作る。食いたいなら朝飯の皿で教えてくれ」

新町家の食事は基本的に俺が作る。それ以前は引きこもっていなかった澄礼。もっと前はばあちゃんだ。咲良はもちろんなにもしない。受験生の弟に家事を押しつけて良心は痛まないのかと、いつか姉たちを問い詰めたい。

「荷物、ここ置いとくぞ」

ドアの向こうから返事はない。自室に戻ってベッドに寝転ぶ。

スマホを見ると、もうヴィオレの配信は終了したようだ。居残っている視聴者のコメントを見る限り、かなり唐突に終わったらしい。

「なんてこった……大丈夫なのか」

がっかりもしたが、それよりも心配だった。怖がりのくせにホラーゲームなんてやるから、自称「よわよわメンタル」が耐えられなかったんじゃないか。

まあ考えたところで俺にできることはなにもない。古参ファンとはいえ高校生なので、少ないこづかいでは投げ銭もできないのだ。

それよりも、貴重な休みをどうやってすごそうかと考える。

まあ受験生なんだから勉強をすべきだろう。しかしふと見た窓の外は見事な五月晴れだ。毎日の服は乾燥機でいいが、シーツや毛布は日光で干したい。

「よし、今日は洗濯だ」

そう決めたところで、ぽこんとラインに着信があった。

『ひま』

腐れ縁の南《みなみ》だ。三年間ずっと同じクラスで、俺の親友を勝手に名乗る男。

こんなメッセージ「知るか」としか言いようがないので、俺はいつもと同じく既読スルーした。

『かまってくれよ、あおいちゃん。俺を彼女だと思って』

なにが悲しくて、休日に男といちゃいちゃしなければならないのか。

『断る。あとあおいちゃんはやめろ』

ただでさえ女みたいな名前で辟易《へきえき》しているのだ。ここでも姉ふたりのしわ寄せが俺にきている。

『つめたいなー。さすが草食男子。ヴィオレガチ恋勢《こいぜい》』

『言ってろ。用件はそれだけか？　俺は洗濯で忙しいんだ』

『洗濯ｗｗｗ　かあちゃんかよｗｗｗｗ』

『かあちゃんがいるやつはいいよな』

『あ……ごめん……マジごめん』

『冗談だ。真に受けるな』

『うｗけｗてｗなｗいｗｗｗｗ』

『くそうぜぇ』

そんな調子で、南はぽんぽんとくだらない話を流してくる。おかげで気づけばベッドに転がったまま一時間以上たっていた。

『ありがとな蒼衣。相手してくれたおかげで少し気が晴れた』

南は家庭に問題を抱えている。両親が不仲らしい。それが理由で妹のマチちゃんも荒れている。自分ではどうしようもない家族のストレスはわかってやれた。

『そうか。俺は貴重な青春の一時間を浪費したよ』

『ばっかこれが青春だよ。エモくね？』

『かけらもエモくない。むしろクソうざい』

『クソクソ言うくせに、かまってくれるあおいちゃんしゅき♥』

『きめぇしねくそぼけ』

スマホを放り投げてリアルに「ああ……」とうめいた。

南が言うことは一理ある。俺は相手より先に通話停止ボタンを押せない。ラインのやりとりも自分で終わらないと気が済まない。

頼まれたら断れない性格が災いし、受験生だというのに学級委員で、おまけに体育祭と文化祭の実行委員だ。ついでに地元の消防団にも参加させられている。

みんなが俺に仕事を押しつけるせいで、自分の時間はほとんどない。

なのに人は恩を忘れる。女子が「蒼衣くんやさしい」、「蒼衣いいやつ」と言いながら、俺とはまるで正反対の男たちとつきあうのはどういうことだ。

話がずれたが、ともかく俺はこの性格をなんとかしたい。雨の日に捨て猫を見つけても無視できるメンタルを手に入れたい。じゃないと俺は一生誰かの召使いだ。

「……そんなのは絶対ごめんだ。俺には海外留学という夢がある」

よし勉強しよう。いやもう昼だ。まずは飯を作ろう。

だが澄礼の分は作らない。俺が甘やかすから、あいつはつけあがるのだ。

そう意気込んで、階下に降りてキッチンに立つ。

すると流しに置かれていた皿と、その上に貼られた付箋紙に目が留まった。

『おにぎりおいしかった。お昼も食べたいです』

いつの間に下へ降りたのか。澄礼はいつも姿を見せずに飯を食う。

ふんと一度鼻を鳴らし、俺は思い切りよく冷蔵庫のドアを開けた。

「……材料的に、ひとり分を作るのは不経済だな」

一分前の自分に言い訳しながら、ふたり分のチャーハンを用意する。

片方にラップをかけて冷蔵庫にしまうと、居間でテレビを見ながら食べ始めた。

「……なんなんだよ、あのコケシ」

視界の端でずっと海女《あま》の服を着たコケシが存在感を発揮しているので、テレビの内容に集中できない。ばあちゃんという生き物は、なぜテレビ周りにレースを敷いて民芸品を置きたがるのか。

おかげで居間で飯を食っていると、ばあちゃんのことばかり思いだす。

両親は俺が幼い頃に死んだ。あまりに無意味な死だったので、人に聞かれてもそれ以上は答えない。

ともかく俺たち三姉弟を育ててくれたのは、この家のばあちゃんだ。

ばあちゃんはいつも着物だった。かつては小唄《こうた》の先生をしていたらしい。性格は厳格だけれど俺と同じで詰めが甘い。自由奔放な咲良に説教しつつも、最終的にはまあいいかと見逃す。つまりは優しい祖母だった。

ばあちゃんに一番なついていたのは澄礼だ。澄礼は小唄も習っていたし、いまでは信じられないがばあちゃんの家事も手伝っていた。俺はと言えば部活でサッカーに明け暮れ、咲良と同じく家のことなどなにもしなかった。

ばあちゃんが死んだのは去年だ。心臓発作でぽっくり逝った。

咲良は一応長女の自覚はあるようで、「あんたたちのことはお姉ちゃんが大学卒業まで面倒見る。それまであたしは結婚しない」と宣言した。結婚はしないのではなくできないのだが、自分も学生なのに覚悟を決めた肝っ玉には敬意を表する。

ただし、「面倒を見る」イコール「金の心配はするな」というだけなので、誰も家事をしない我が家はどんどん荒れ果てた。

一番ばあちゃんになついていた澄礼は、しばらく呆然《ぼうぜん》としていた。だが滅びゆく我が家の惨状を見て、ようやく決起する。以後は家事のすべてを担い、就活に勤《いそ》しむ咲良を起こし、俺に弁当まで作ってくれた。

だがそんな生活も長くは続かない。ある日を境に澄礼が部屋から出てこなくなったので、再び選手交代となった。

いまでは部活を辞めた俺が、この家のすべてを回している。

こんな状態では海外留学はもちろんのこと、大学受験すらも危うい。

「……マジなんなんだ俺の人生。ゲームバランスめちゃくちゃかよ」

両親やばあちゃんの死を嘆いてもしかたがない。それでも神様には家族のことで文句のひとつも言いたくなる。

「なんか疲れちゃったな……やることあるのに……」

居間の畳に寝転がる。壁の時計は十三時を示していた。勉強はおろかまだ洗濯機も回していない。縁側から見える庭木の緑が眠気を誘うように揺れている。

「春はイベント多いし、疲れるのもしかたないな……」

社会人になった咲良の世話。体育祭の実行委員。ゴールデンウィークには消防団で防災スタンプラリーをやるため、その準備もしていた。体に疲労が蓄積している。起きないとと思いつつも、俺は全身にまとわりつくだるさに抗《あらが》えなかった。

目を開けると居間の天井が見えた。壁時計を見ると十四時。

「……すっかり秋めいてきたな」

縁側で庭木が紅《あか》く色づき始めていた。今日は文化祭の振替休日だったが、なんのかんのと忙しくしていたら寝てしまったようだ。

「体育祭の振替休日もこんな感じだったな……」

まるで時間だけをすっ飛ばしたような感覚だ。そう思うのもしかたがない。

季節が春から秋に変わっても、我が家の状況はなにも変わっていなかった。

咲良は毎朝てんやわんやしているし、澄礼は部屋から出てこない。南も毎日のようにうざがらみしてくるし、俺は相変わらず勉強をするひまがない。

「……とりあえず、部屋に戻るか」

よしと立ち上がったところで、珍しく家の電話が鳴った。

「……どうせなにかの勧誘だ。無視無視」

ばあちゃんしか使っていなかった電話機から目をそらす。

三コール、四コールと、呼び出し音が続いた。

ほうっておけば留守電になる。内容はあとから聞けばいい。

五コール、六コール。次で録音メッセージが流れる。

「あれ?」

七コール目が鳴った。電話機を見ると留守電モードになっていない。

「……ああ、そうか。ブレーカー落ちたときにセットし忘れたのか」

生前のばあちゃんによると、この電話機は電源を引っこ抜くと工場出荷時の状態に戻るらしい。咲良が自室や居間やと、移動する先々でエアコンをつけっぱなしにするので、夏場はブレーカーがよく落ちた。

姉ふたりも俺も携帯を持っているから、家の電話を使う機会はない。この電話機はどれくらい前から初期化されていたのだろうか。

「とりあえず、いま鳴ってるのが切れたらセットすればいいか」

平日の昼間にかかってくる電話なんて、どうせ「光回線がお得です」とかそういう類のものだろう。取るだけ時間の無駄になる。万が一にも大事な用件なんてことはない。俺は忙しい。勉強しなければならない。

「……もしもし」

本当に、どうして俺は捨て猫を拾ってしまうのだろうか。

『ああ、よかった。もしもし、アリクイ陰謀と申します』

ほっとしたように男の声が言い、俺は即座に警戒心を強めた。

アリクイ？　陰謀？　意味がまったくわからない。光回線どころか、日付変更線を越えた響きだ。

「……どういったご用件ですか」

『ええとですね。以前に彫刻のご注文をいただいていますが、お受け取りはいつ頃になりますでしょうか』

「彫刻、ですか……？」

彫刻と聞いて頭の中に金剛力士像が浮かぶ。アリクイ陰謀は古美術商かなにかだろうか。ますますうさんくさい。

『はい。もうずいぶん前に頼まれたものです。これまで何度かご連絡差し上げたのですが、いつもご不在のようで……』

事態を把握すると同時にうんざりした。この手の話は澄礼だろう。宅配の受け取りと同じく、電話も無視し続けたに違いない。

となれば俺が受け取りにいく以外にないか？　いや待て。これは咲良の可能性もありうる。なんやかんやと手を出して、どれも長続きしない姉だ。彫刻鑑賞に一瞬ハマり、速攻で飽きてしまってもおかしくない。

「すいません。彫刻を注文したのは新町澄礼ですか？　新町咲良ですよね？」

俺は願望丸出しで尋ねた。注文者が咲良であるならば、澄礼と違って自分で受け取りにいける。

しかし陰謀男から返ってきた答えは、どちらの姉でもなかった。

『いえ、ご注文いただいたのは中村《なかむら》あやめさんです。印材をお持ちこみされての彫刻でしたので、制作に時間がかかりました。代金はすでにいただいています』

中村あやめはばあちゃんの名前だ。となると亡くなる前に頼んだものだろう。

しかしばあちゃんが彫刻とは。芸術を愛《め》でる趣味はなかったと思うが。

さておき、支払い済みであるのにしつこく連絡をくれるなら、『アリクイ陰謀』はその響きほど悪い業者でもなさそうだ。

「じゃあ家族と相談して取りにいきます。場所と連絡先を教えて下さい」

相手から教わったことをメモすると、俺は電話を切って留守電をセットした。

夜になって帰ってきた咲良と食卓を囲みながら、持ちこみ彫刻の件を話す。

「え、アリクイさんから連絡あったの？　マジ？　おばあちゃんアリクイさんに仕事頼んでたの？」

「姉ちゃん、『アリクイ陰謀』を知ってるのか」

「超よく知ってる……んにゃ、ある意味ではなにも知らないかも……」

咲良が箸をくわえたまま、思わせぶりな言葉を口にした。

「まあどっちでもいいけど。知りあいなら近いうち取りにいってくれよ」

「んー、どうせならみんなで行こうか」

「は？　なんで」

「みんなおばあちゃんの話を聞きたいでしょ。ついでにお姉ちゃんが、アリクイさんのところでおいしいランチをご馳走《ちそう》してあげよう」

意味がわからない。なぜ彫刻を請け負う店でめしが食えるのか。

「俺はいい。受験生は忙しいんだ。そもそも澄礼が行けるわけないだろ」

「それ、映像通話とかすれば、澄礼も一緒に行ってるっぽくなるんじゃない？　おばあちゃんが健在だった頃は、みんなでよくごはん行ってたでしょ。こういうのなんていうんだっけ。ケガした人のトレーニングみたいな」

「リハビリって言いたいのか？」

咲良が「それそれ」とうなずいた。確かに大好きなばあちゃんのことならば、澄礼も食いつく可能性はある。外の雰囲気を知ることは、脱ひきこもりのきっかけにもなり得るだろう。

「……わかった。行くよ」

普段はなにもしない咲良だが、こういう気づかいだけは昔からできた。俺や澄礼がなにか言う前から、「悩み事なら姉ちゃんに言ってみ？」と声をかけてくる。いまや見る影もないが、俺が小学生くらいまでは頼りになる姉だった。

「風呂、湧いてっから。姉ちゃん先に入っていいよ」

「ありがてぇー。んじゃさっぱりしてくるわー」

咲良が自室に戻っていく。俺は夕飯の残りにラップすると、週末のことをメモした付箋を貼って冷蔵庫にしまった。


「澄礼、見えてるー？　人がいっぱいだよー」

咲良がスマホを手にしたまま、駅のロータリーでくるりと回転した。澄礼からの反応はなかったが、あったとしたら「酔うからやめて」だろう。

土曜に電車を乗り継ぎやってきたのは望口《のぞみくち》という駅だ。駅前にはファッションビルやカラオケボックスがあり、かなりの人があふれている。

「そんじゃあ行くよ」

いつも通りさわがしい姉に続き、横断歩道を渡った。

商店街を歩きつつ、咲良が辺りの楽器店やドラッグストアをカメラに映す。

「あんまり季節感ないね。あ、でもほら、花壇にコスモスが咲いてる」

レンガ造りの店の前に小さな花壇があった。植えられた紫の花弁を見ていると、それなりに秋の気配は感じる。だが季節感を伝えるならこっちだろう。

「どこかにキンモクセイが咲いてるみたいだな」

俺は咲良が構えるスマホの前で思いきり匂いをかいでみせた。

幼かったために記憶はないが、死んだじいちゃんは園芸が好きだったらしい。ばあちゃんと結婚したのも名前が「あやめ」だったからというくらいで、娘にも孫たちにも花をもじった名前をつけている。

おかげで俺もじいちゃんの蔵書を読んだりして、男にしてはまあまあ草花の知識があった。南が俺を『草食男子』とからかうのはそのためだ。いまどきの高校生は、つくしもぜんまいも食べられると信じてくれない。

余談はさておき、澄礼も草花を好む。昔は熱心に庭の世話もしていた。少し芝居じみていたかもしれないが、外への興味をくすぐることはできただろう。

「じゃ、行こうか。こんちはー」

咲良がいきなり花壇のある店のドアを開けた。

俺は驚き、一歩下がって店名が書かれた緑色のひさしを見る。

有久井印房
並んだ文字を見て恥ずかしくなった。アリクイは陰謀を企《たくら》んでいない。

なんの店かはわからないが、ここは有久井《ありくい》さんの印房だ。

「いらっしゃいませ咲良さん。あらまあ。噂の弟さんですね」

店の入り口に若い女性が立っていた。服装を見るとウェイトレスのようだが、その頭からは我が家のスリッパみたいなふんわりした耳が垂れている。

「そうそう。噂の弟さん。ほら蒼衣、ご挨拶。ん？　固まっちゃってどした？　まさかひと目ぼれ？　まあ宇佐《うさ》ちゃんかわいいもんなー」

「ちっ、ちげーし！　思ってたのと違う店で驚いただけだし！」

否定したが、それはそれで失礼だと気づいた。「すいません」と頭を下げる。

宇佐と呼ばれた店員さんがにっこり微笑んだ。頭の耳がふわりと揺れる。

まあ、確かに、かわいい。

でも宇佐さんは年上だ。咲良や澄礼を見ていたら、年上の女になんて憧れるわけがない。これは一時のまやかしだ。冷静になれ俺。

「ウケる。これ言い訳を必死に考えてる顔だよね？」

咲良が俺にスマホを向けてけたけた笑った。

「だからちげーし。つか姉ちゃん、許可なく店の中とか撮影していいのかよ」

「ふふん。昨日アリクイさんに電話して、許可撮ってあるもんね」

「普通のことで威張るな。頼むからこれ以上、恥をかかせないでくれ」

「仲がおよろしいようで。それではカウンターのお席にどうぞ」

宇佐さんがくすくす笑って店の奥へ行く。俺はいつまでもにやにやしている咲良を見て、夕飯はグリンピースごはんにすることに決めた。

「あたしはね、一応この店の常連なんだよ」

咲良に続いて店の中へ入る。見る限り有久井印房は喫茶店のようだ。しかしばあちゃんはこの店に彫刻を頼んだと言う。店主の趣味かなにかだろうか。

「このたびは、ご愁傷さまでした」

男の声がした。先日電話で話した人だろう。しかしその姿が見当たらない。

カウンター席の向こう側にいるのは、なにを模したのかはっきりしない巨大なぬいぐるみだけだ。

「いえいえ、こちらこそすいません。おばあちゃんがアリクイさんのところでお世話になっているなんて、全然知りませんでした」

咲良がぬいぐるみに向かって頭を下げた。なんだこのシュールな絵面は。

「お世話なんてとんでもないです。もともとはうちの師匠とご縁があったそうで。今回は特殊な依頼だからと、一年前にぼくに問い合わせてくださったんです」

俺は思わず二度見した。いま、このぬいぐるみがしゃべったのか？

「そうだったんですか……あ、宇佐ちゃんありがと」

カウンター席に座った俺たちに、宇佐さんが水とメニューを持ってくる。

「蒼衣はなに食べる？　男子高校生的にはやっぱりナポリタン？」

「いやつーか、あれってなんなの？」

俺は巨大なぬいぐるみを指さし、小声で咲良に尋ねた。

「うんうん。それが正しいリアクションだよね。ムロ先輩とか、秒でアリクイさん受け入れてたよ。蒼衣が常識人でほっとしたわ」

「答えになってねーし。子どもが着ぐるみに入ってんの？」

「アリクイさんはアリクイだよ。中の人とかいないから」

呆《あき》れてものが言えなかった。こういう茶番は好きじゃない。

「わかる。お姉ちゃんわかるよ蒼衣。姉ちゃんの言うことは信じられない。でもあの白いの、着ぐるみにしては小さいぞ。ロボットにしては動きがなめらかすぎる。そんな風にいろいろ考えちゃうよね」

その通りだ。ついでに言えば声は渋いおっさんのもので、明らかにぬいぐるみのそばから発せられている。カウンターの下に腹話術師でもいるのか？

「でもアリクイさんは本物のミナミコアリクイだから。まあ蒼衣もそのうち受け入れるよ。とりあえずメニュー選んで。あたしはモーニングかなー」

ミナミコアリクイは知っていた。ネットでよく威嚇画像が出回っている。だが咲良が言う『アリクイさん』ほど、ミナミコアリクイはぽっちゃりしていない。

この映像が澄礼には見えているだろうか。昔は動物が好きだったはずだが。

咲良が首にかけたスマホを確認すると、カメラには誰も映っていなかった。しかし画面の向こうで激しく物音がする。澄礼なりに動揺しているのかもしれない。

俺は注文を決める素振りで、『アリクイさん』をじっくり観察した。

カウンターの内側で台にでも乗っているのか、寸法感はいまひとつわからない。シロクマをちょっと縮めたくらいだろうか。

細長い顔に表情はない。しかしつぶらな瞳には底の知れない純粋さがある。全身に生えている毛もふわふわで、なでてみたい感じもあった。

ここまでで言えるのは、『アリクイさん』のガワは完全に動物のそれだ。

しかしアリクイは二足歩行なんてしない。あんなイケボでしゃべらない。

動物が喫茶店で働いているのは、マンガの中の世界だけだ。

では『アリクイさん』はなんなのか。わからないがトリックがあるのは間違いないだろう。咲良はそれを知っているから、こんな風に平静でいられるのだ。

「蒼衣、食べたいもの決まった？」

「とりあえず、コーラでいいよ」

「遠慮しなくていいって」

別にしていない。こんな得体のしれない店で食いたくないだけだ。さっさとばあちゃんの品物だけ受け取って帰りたい。

「蒼衣はさあ、そうやって昔から本音を教えてくれないよね」

「なんの話だよ」

「小さい頃にプロレス技をかけたときもそう。蒼衣は痛いのにやせ我慢するから、腕を脱臼させちゃったことあったでしょ。あれショックだったなあ」

「記憶改ざんすんな！　俺はなんどもギブって言っただろ！」

咲良は俺の反応に喜んで、いつまでも技をやめてくれなかったのだ。

「だからちゃんと言いなさい。蒼衣はナポリタンが食べたいんでしょ？」

「それ姉ちゃんが食いたいだけだろ」

「そうだよ！　でも蒼衣だって本当は食べたいでしょ！　お姉ちゃんにはわかるんだからね。あんたいっつもそうなんだから」

ささいなじゃれあいだったが、俺は自分でも意外なほどいらだっていた。

「社会人のくせに朝もひとりで起きられない。家事だって全部弟任せ。そんな姉ちゃんが俺のことをわかってる？　笑わせんなよ」

日頃の不満が一気に噴きだす。あんな物言いをされたら、こっちはずっと我慢してるんだと伝えずにはいられない。

「若いなあ。言いたいことはそれだけ？　だから勉強するヒマもないって？」

咲良がカウンターにひじをついて余裕ぶっている。

俺は席から立ち上がり、その姉貴面をにらみ返した。

「け、ケンカはだめですよ！」

背後にふんわりした気配を感じて振り向く。カウンターから出てきた『アリクイさん』が、俺たちの間で両手を広げて仁王立ちしていた。

ネットで見たのと同じ、アリクイの面白威嚇ポーズだ。しかし実際に目の前でやられると、想像以上に「当人は本気」という気配が伝わってくる。

「おお……これが噂の威嚇ポーズ。ほら見て見て澄礼」

咲良がスマホのカメラをアリクイさんに向けた。通話画面にはなにも映っていない
「ふざっ……」

が、がたがたと物音が聞こえる。

「正確には『真・威嚇のポーズ』ですね。当社比二センチほど肩が上がるようになりました」

かたわらで宇佐さんが解説してくれた。実にどうでもいい情報だが、アリクイさんがこのポーズを日々鍛錬していると思うと、ちょっと笑う。

「もう大丈夫ですか？　大丈夫ですね？　ケンカはだめですよ。ふう」

ひと仕事終えたような雰囲気で、アリクイさんがカウンターの内側に戻った。俺はなんだか拍子抜けしてしまい、すとんと尻が椅子に落ちる。

「で、蒼衣は注文どうするの」

「……コーラだけでいい。本当に腹が減ってないんだ」

「じゃあモーニングをブレンドと目玉焼きで。それからコーラも」

かしこまりましたと、宇佐さんが伝票を記入する。

「それで、アリクイさん。うちのおばあちゃんはなにを頼んだんですか？」

「印章彫刻です。少々お待ちください――かぴおくん、お願いします」

アリクイさんが声をかけると、カウンター席の隅でなにかが動いた。それまで誰もいないと思っていた場所に、ウサギによく似た茶色い生き物がいる。

「かぴおくんはデザイナーなんだよ。無口だけど、たまにぼそっといいこと言うんだよね。人生経験豊富みたい」

また変なのが出てきたぞと、俺は『かぴおくん』を観察した。

アリクイさんよりもひとまわり小さいその生き物は、安直なネーミングからもわかる通りカピバラなのだろう。ただし例のごとくに二足歩行だし、座っていた席には仕事用なのかノートパソコンが置いてある。

かぴおくんはふたつの小箱を俺たちの前に置いた。桐《きり》の箱と紙の箱だ。

「どうぞ、咲良さん」

アリクイさんにうながされ、咲良が桐箱のほうを開ける。

中には四角い木材が数本入っていた。積み木かなにかかと思ったが、先端を見ると字が彫りこまれているのがわかる。どうやらハンコらしい。

「試し押しをしてみてください」

咲良が選んだ一本に朱肉をつけ、小さな紙片に押しつけた。現れたのはハンコ独特の読みにくい字体ではない。よく見る楷書で書かれた「咲良」の名前だった。

「おお、かっこいい！」

楽しい気分になったらしく、咲良が引き続き二本目と三本目を押す。

現れたのは「澄礼」と「蒼衣」だった。ばあちゃんは俺たち三姉弟にハンコを作ったというわけだ。なんの意味があるのかさっぱりわからないが。

「さっき特殊な仕事だと言いましたが、このハンコはあやめさんが大事にしていたものから削りだして作ったんです」

「おばあちゃんが大事にしていたもの……？　金魚？　金魚の骨！」

得意げにこっちを見た咲良を、俺は「アホか」と切って捨てた。

まだ俺たちが幼い頃、咲良が夏祭りで金魚をすくってきた。しかし飽き性の姉がずっと世話を続けられるわけもなく、最終的にはばあちゃんが自分の部屋で飼っていたのを覚えている。そういう意味では「大事にしていた」かもしれないが、魔法でも使わない限り、金魚の骨は木製のハンコにはならない。

「このハンコは、古い砂時計を材料にしています」

アリクイさんがふさふさの手で紙のほうの箱を開けた。中にはスポンジが敷かれていて、上に砂時計の残骸が丁寧に並べられている。

「あったねー、こんなの。おばあちゃん台所でよく使ってたっけ」

四本の柱が支える中央に、三分、十分、三十分計が並んだ古いものだ。ばあちゃんは料理をする際に使っていたので、昔のキッチンタイマーなんだろう。

「印材には砂時計の柱部分を使っています。黒ずみから見ると長く使われていたようですが、大きな傷はありません。大切にされていたんですね」

だからできる限り形を残すように、珍しい形状の四角いハンコにしたそうだ。材料取りと研磨を担当したのはかぴおくんらしい。

「かぴおくんはもともと、彫金とか彫刻をやっていたんですよ。だからハンコも彫ってほしいんですが、ずっと首を縦に振ってくれないんです」

アリクイさんが愚痴をこぼす。

かぴおくんは眠たげな目でパソコンの画面を見つめたまま。

このシュールな光景に見慣れてきたのか、かぴおくんがハンコを彫りたがらない理由がちょっと気になる俺がいる。

「あ、ちょっと待って。これ、四本目？」

咲良が桐箱の中を指さした。俺たち三姉弟の分以外に、もう一本四角いハンコがある。予備の材料かと思ったが、ハンコを押す面には名前が書かれていた。

おそらくばあちゃんの「あやめ」という名前が出てくるだろう。俺が催促するより早く、咲良は小さな紙にハンコをついていた。

現れた印影は、ひらがなで「ゆり」と読み取れる。

俺と咲良は顔を見合わせ、間にスマホをはさんで声をそろえた。

「誰？」

2

その夜の食卓は混乱を極めていた。

「これって、やっぱり隠し子？」

ごはんのグリンピースをかきだしながら、咲良が珍しく真剣な顔で言う。

テーブルの上には四本のハンコが並べられていた。「ゆり」のハンコも俺たち姉弟と同じく、砂時計の柱から削りだされたものだ。そこに差違はまったくない。

ゆえに近しい者かと考えたが、思い当たる範囲を調べても「ゆり」という親戚はいなかった。死んだ母さんも俺たちと同じく、花の名をもじった「暮淡《ぼたん》」だ。

だから咲良の邪推は、突拍子のないものというわけでもない。

もうそれくらいしか、可能性を思いつかないのだ。

「隠し子って、誰の隠し子だよ」

「それはまあ、お父さんじゃないの」

父さんは平凡なサラリーマンで、酒も博打《ばくち》もやらないタイプだった。唯一の趣味も子どもと遊ぶこと。おまけに暮らしていたのは妻の実家だ。

「あの人に、浮気する度胸があったとは思えないな」

「まあね。でも言い寄られたら拒めないんじゃない？　お人好《ひとよ》しだったし」

その可能性はある。実際そのお人好しのせいで父さんと母さんは死んだ。事故を起こした車から人を救助しようとして、別の車にはねられた。

きっと俺にも、そんなお人好しの血が受け継がれているのだろう。

「仮に父さんに隠し子がいたとしたら、どうなる？」

「そりゃあバレるよね。お母さんどころかおばあちゃんにも」

まあ女だらけの家で嘘《うそ》をつき通すのは難しいだろう。

「だとしたら、ばあちゃんが父さんを追いだすんじゃないか。自分の娘を裏切って不貞を働いたわけだし」

「高校生のくせに『不貞』なんて言葉よく知ってるね。蒼衣ってエロなの？　いっつもイヤホンしながらスマホでなに見てるの？」

「関係ないだろ！」

否定のしかたが悪かったようで、咲良は余計ににやにやした。

「別に隠すことないよ。蒼衣だって年頃の男の子だし──」

「ごほん」

くそ姉貴のくそひやかしは、第三者の咳払《せきばら》いで打ち消された。テーブルに置いたスマホの中から、澄礼が脱線を修正しようとしたらしい。

咲良と目で会話する。咳払いとはいえ、ちゃんとした澄礼の声を聞くのはいつぶりだろうか。

澄礼もこの問題には感心があるはず。そう言って咲良が電話をかけていたが、予想は間違っていなかった。二日連続のグリンピースごはんは勘弁してやろう。

「話を戻そう。仮に『ゆり』が父さんの隠し子だったら、ばあちゃんにとっては孫でもなんでもない。俺たちと同列には扱わないはずだ」

ばあちゃんが大事にしていた砂時計で作ったハンコは四本。自分のハンコを差し置いて用意したのだから、「ゆり」はばあちゃんにとって重要な人間だろう。

「そうとも限らないよ。おばあちゃん、お父さんのことかわいがってたし」

「でも血がつながってないんだぞ。孫じゃなくてそこらのガキと一緒だ」

「じゃあ……お母さんの隠し子だったりして」

「だとしたら、俺たちは四姉弟になってる。父さんはたぶん区別しない」

「お母さんの浮気相手が自分で育てたがったとか？」

「可能性はゼロじゃないが、そこに至るハードルが多すぎるだろ」

ばあちゃんに似て生真面目な母さんが浮気をし、次第に大きくなる妻の腹に父さんが気づかず、無事に生まれて浮気相手の男に引き取られた子に、手のかかる俺たち三姉弟の目を盗んでばあちゃんが会いにいく。徹頭徹尾、現実味に乏しい話だ。

「じゃあ誰の隠し子なの。あたしじゃないからね」

「真面目な話してるときに笑わせるな。そもそも隠し子とは限らないだろ」

隠し子なんて話になった発端は、四人目の名前が「ゆり」だったからだ。俺たちと同じ花の名前だから、姉弟なのではと勘繰ったにすぎない。

しかしじいちゃんが子孫につけた名前は、同じ花でも「暮淡」や「咲良」と、別の漢字を当てている。「ゆり」というようにひらがなで花の名がついているのは、関係者の中では「あやめ」――つまりばあちゃんしかいない。

「ねえ蒼衣。この『ゆり』って、おばあちゃんの孫とは限らないよね」

咲良もその可能性に気づいたようだ。

「ああ。ばあちゃんの娘の可能性もある」

俺たちから見れば叔母、もしくは伯母だ。母さんがひとりっ子であることは間違いないので、「ゆり」は親族から認知されていない娘かもしれない。

「そういえばさ、おばあちゃんの結婚指輪が見当たらなかったでしょ」

「そんな話あったな。見つかったのか？」

　葬儀のときに大叔父から聞いたことがある。じいちゃんはばあちゃんにベタ惚《ぼ》れだったようで、当時としてはいい値段のする指輪を贈ったらしい。その行方がわからなくなっていたので、少しばかり気になっていた。

「確証はないけど、これかも」

　咲良がハガキをよこしてきた。裏面には、「売ります！　買います！」と貴金属やブランド品の値段が羅列されている。

「なんだこれ。質屋のダイレクトメール？　ばあちゃん宛てかよ……」

　ばあちゃんが指輪を売ったというのだろうか。確かに裕福ではなかったが、ばあちゃんが自由にできる金はそれなりにあったはずだ。

「あ、わかったよ蒼衣。『ゆり』は隠し子じゃないかも」

「姉ちゃんもういいよ」

　いいかげん、家族の秘密を暴くことに抵抗があった。可能性を検討するだけでも嫌悪感がある。

「生々しくないやつ。実はおばあちゃん、おじいちゃんと再婚だった説」

なるほど。「ゆり」はばあちゃんの娘だが、離婚して親権を父親側に渡した。その後にじいちゃんと結婚して母さんが生まれた。ありえなくはない。

その人がまだ生きているとしたら、ばあちゃんにとっては俺たち三姉弟以外に血を分けた唯一の子孫だろう。大切な存在だったはずだ。

「その手の話を聞けるのは……あのじいさんくらいかな」

ばあちゃんの弟、つまり大叔父に当たる人がまだ生きていた。ここからそう遠くない山の上のホームで、余生をのんびりすごしているはずだ。

「だね。じゃ、蒼衣お願い」

「ふざ……こういうのは長女の仕事だろ！」

「そうしたいけどさあ、長女いま仕事たいへんなんだよ。ムロ先輩がいろいろあったから、長女ががんばんなきゃいけないんだよ」

その話は聞いていた。先輩社員の境遇には同情する。だが俺とは無関係な話だ。

「アオ、ちゃん」

かすれた声はスマホから聞こえた。しばらく待ったが言葉は続かない。

澄礼もばあちゃんのことを知りたがっているが、ひきこもりにはこれが精一杯ということだろう。

それでも咲良の思惑通り、リハビリは進んでいる。

「……わかったよ。長男が土曜日に行ってきてやる」

答えながらも、心の奥にはいらだちがあった。

澄礼がひきこもりでさえなければ、自分で「ゆり」の調査をできる。咲良に比べて余裕があるのだから、俺の代わりに家事だってできる。澄礼も傷ついているのかもしれないが、俺はいままさに消耗させられている。

食卓を片づけながら洗い物をしている間、ずっとそんなことを考えていた。体の表面に、ちりちりとストレスがくすぶっている。

しかしヴィオレの夜配信の時間になると、もやもやした気分も少し晴れた。

『今日ボクね、プライベートですごくいいことがあったんだよ』

終始楽しそうに雑談をするヴィオレ。

その声を聞いて安心しながら、俺はそのまま寝落ちしてしまった。

「人生の終わりは……みんな……こういうところにきたくなるのかね……」

山の頂《いただき》で喘《あえ》ぎながら、スマホを持ってぐるりと回転する。

小一時間ほど電車に乗り、大叔父が暮らす街にやってきた。

施設は樹木に囲まれた山頂近くにあるので、普通はタクシーで訪れるらしい。

だが俺は気合いで登頂した。そして交通費をケチった自分を後悔している。

ともあれ山頂から街を見下ろしていると、ばあちゃんの墓も小高い丘にあったと思いだした。

確かに見晴らしはいい。しかしそれまで人里に暮らしていたのに、異なる環境を望む理由がわからない。俺だったら金魚みたいに庭の隅にでも埋めてもらいたいが。

「とりあえず、行くか」

スマホに声をかけ、ホームの入り口で面会手続きを済ませる。

職員が案内してくれたレクリエーションホールへ行くと、大叔父が談話コーナーでぽつんと待っていた。

「ようきなすった。遠かったかね」

片手を上げた老人はまだ七十代で、見たところは健康だった。子どもに恵まれず妻も亡くし、自らホームに入居したらしい。

「そうでもないです……いや、けっこう遠かったかな」

またおいでと言われる前に予防線を張った。

「姉さんの末孫が、もう立派な大人なんだねえ」

「いえ、まだ十八なんで子どもです」

「ほんでも、もう働きよるんやろう？」

「いえ、まだ高校生です」

頭ははっきりしているようだが、それでも老人との会話は疲れる。常識という価値観に世代で差があるからだろう。

「今日うかがったのは、ばあちゃんのことなんですけど」

「姉さんは、不幸だったね。ああ、あれは不幸だった」

「不幸ですか？」

「ああ不幸さあ。好いた相手がおったしなあ」

スマホからがたんと物音が鳴った。いきなり話題が核心に触れたことに、澄礼も驚いたらしい。

「あの、その人物のことを詳しくお聞かせ願えますか」

「ん、なんじゃ？」

「ばあちゃんが好意を寄せていた相手について教えてください」

「ああ。若い人の言葉はようわからん」

だいたいにおいて会話はこんな調子だった。

苦労して聞いたことをまとめると、おおむね以下のようになる。

・結婚前のばあちゃんには好きな人がいた。寿司《すし》職人だったらしい
・その人は北海道《ほっかいどう》で店を持たせてもらえることになった
・しかしばあちゃんには見合いの話があった。親の紹介で断れなかった
・ふたりは交際前の段階だったらしいが、互いに別々の道を行く
・ばあちゃんはじいちゃんと結婚し、母さんが生まれた
・しかしばあちゃんは、ずっと寿司職人のことが忘れられなかった
・ばあちゃんは寿司職人にもらった砂時計を眺めながら、じっと時機を待った
・母さんが結婚し、じいちゃんが死んだ
・自由の身となったばあちゃんは、寿司職人のいる北海道へ行こうとした
・しかし娘夫婦が亡くなって、孫三人の世話をすることになった

時代背景は戦後からしばらく。おそらくは大叔父の憶測もまじっている。

それでも大雑把な流れは、つじつまがあっているように思えた。砂時計うんぬんの

くだりも、やけにリアリティがある。

キーパーソンである「ゆり」の名前は出てこなかったが、ばあちゃんが俺たち三姉弟を厄介者と感じていたことはわかった。

澄礼がどう思ったかはわからないが、俺はばあちゃんに同情する。家族に縛られて生きるのは、しんどい。

俺は大叔父に礼を述べると、無言で山を下りた。

帰りにダイレクトメールの質屋にも寄ってみる。

主人が「よくあることです」と、中村あやめの名前で記録を調べてくれた。

ばあちゃんは結婚指輪を、二束三文で売り払っていた。


「となると、ますます『ゆり』が誰だかわからなくなったね」

夕食の場で大叔父訪問の話を聞かせると、咲良はぱりぽりと漬物をかじりながら他人事《ひとごと》のように言った。

確かにばあちゃんに子どもがいた様子はない。しかしいまは「ゆり」が誰かなんてどうでもいいことだ。

「ばあちゃんは、成仏できてないかもな」

「なにそれ。未練があるってこと?」

浅漬けを咀嚼《そしゃく》する音はまだ続いている。頭の中でなにかが弾《はじ》けた。

「そうだよ! 姉ちゃんがもっとしっかりしてたら、ばあちゃんは後悔のない人生を送れたかもしれない」

「お父さんたちが死んだのは、あたしのせいじゃないでしょ」

咲良がようやく箸を置く。

「けどばあちゃんが死んだとき、姉ちゃん大学生だっただろ。澄礼だってそうだ。ふたりとも世話にならないで自立できただろ」

「あたしたちはね。でも蒼衣は?」

「いまだって俺が姉ちゃんたちの面倒見てる。毎日めしを作ってるのは誰だ? 通いもしない大学に授業料払って、無駄遣いばっかかしてるひきこもりは誰だ?」

もうばあちゃんの話は関係なくなっていた。いまの俺は日頃の鬱憤をぶちまけているにすぎない。

「蒼衣」

咲良の声が妙に優しい。また「若いね」とくると思ったので、「なんだよ!」と反抗的に返してしまった。

「おばあちゃんはさ、あたしたちを愛してたと思うよ」

「……根拠はなんだよ。ばあちゃん指輪を売ってたんだぞ。金額なんてほとんどはした金だ。単にじいちゃんの呪縛から逃れたかったんだよ。ばあちゃんはこの家を出たかったんだ」

「でも大事な砂時計を使って、ハンコを遺《のこ》してくれたでしょ」

「俺たちにアパートでも借りろってことだろ。ほら、つじつまがあった」

「じゃあ『ゆり』のハンコは？　……あ、そうか。大事なこと忘れてた」

咲良がにやりと笑う。ろくでもないことを思いついたに違いない。

「ハンコのことなら有久井印房。アリクイさんに聞けばわかるはず」

「あんなあやしい店、俺は二度と行かないからな」

「宇佐ちゃんに会えるのに？」

無視して食卓の片づけを始める。結局咲良はなにもわかっていない。自分の都合ばかりでわかってくれようともしない。

洗い物をすませて部屋に戻ると、ヴィオレの夜配信が始まる時間だった。

ベッドに寝転んで待機画面を見る。

今日はゲーム実況の予定を変更して雑談するらしい。珍しいことだ。

機材トラブルでもあったのか、配信開始時刻も少しすぎている。

待っているとようやく画面が切り替わった。パソコンのデスクトップ画面がただ映っている。しかしその壁紙に気づいた瞬間、俺は「あっ」と声を出した。

以前の壁紙は視聴者から送られたヴィオレのイメージイラストだったが、いまは両手を広げた白い動物になっている。どこかで見たなと思うまでもない。

『こんばんは、ヴィオレッタです。今日は、お話をします』

ヴィオレの声はいつにも増して震えていた。緊張しているらしい。

『この壁紙に描かれた白い動物は、ミナミコアリクイといいます。これはケンカを仲裁している場面なんですけど、すごくかわいいですよね。見ていると思わず抱きつきたくなります。ボク昔から好きだったんですよ、南米の動物』

くすくす笑うヴィオレの声を聞いて、視聴者のコメントが加速した。きっと誕生日にはたくさんのぬいぐるみが届くだろう。白いアリクイの。

『今日はなんで急に雑談にしたかというと、みんなにきちんと言っておきたいことがあったからです。ボク自身のことを』

そう切りだして、ヴィオレは自分が本当は大学生だと語った。

それまでの配信では「不登校」とだけ言い、それは嘘ではないけれど、リスナーが自分を中学生や高校生だと思いこんでいることを知っていても、それを積極的に否定しなかった。そう告白して謝罪した。

コメント欄は荒れた。大半はヴィオレをますます好きになったと擁護したが、勝手に裏切られたと感じた一部のリスナーが暴言を連投した。

さすがに目に余ったので、俺は編集者権限でコメントを削除した。長く配信を見ている古参は、ヴィオレからそういう権利を付与される。

視聴者の数は大幅に減った。低評価の数もどんどん増えていく。

それでもヴィオレは告白を続けた。

『ボクが大学に行けなくなった理由をお話しします』

話自体はよくあるものだった。ヴィオレは文系の大学に入学したが、ひとづきあいが得意でないためサークルには入らなかった。

しかし高校時代からの親友がひとりでは心細いからと、一緒にテニスサークルに入るよう頼まれる。友人のためならばとヴィオレは断らなかった。

にもかかわらず、サークルに入ってしばらくすると、その親友がヴィオレを邪険に扱うようになった。親友が好意を寄せていた先輩が、ヴィオレに気がある素振りを見せたためらしい。早い話が嫉妬だ。

高校時代からの親友が、そんなこと（というのはもちろん本人の主観だが）で自分を見限ったことに、ヴィオレはいたくショックを受けた。もともと友だちづきあいが不得手だったため、友人がそのひとりだけだったことも大きい。献身的とも言える友情が裏切られて落ちこんでいたところに、大好きだった祖母まで亡くなった。

『そのときは、自分が見捨てられたように感じたんです』

学校には居場所がなくなり、家には祖母の面影が至るところにある。

『気づいたときは、逃げるように自室にこもっていました』

配信のコメント欄に、「わかる」と同意が流れた。ヴィオレ自身がそうであるからか、リスナーには「メンタルよわよわ」な人が多い。俺はその程度でひきこもるなんてと感じるが、自分の経験と重ねられる人間もそれなりにいるようだ。

『でも、ひきこもりも楽ではないんですよね』

深夜までゲームをして朝に寝る生活をしていると、ふとした瞬間に罪悪感にさいなまれる。ＳＮＳなどで学校や会社のエピソードを見ると、社会のプレッシャーに胸をつかれて吐いてしまう。自分の毎日は地獄だったとヴィオレは語る。

『一度ひきこもってしまうと、外に出られない理由が増えていくんです』

あるときヴィオレは、窓ガラスに映った自分を見て愕然《がくぜん》とした。髪はボサボサ。肌はがさがさ。唇はひび割れて、寝てばかりいるのに目の隈《くま》がひどい。

けれど一番衝撃的だったのは、劇的に太ったことだった。それまでダイエットとは無縁の人生を送ってきたヴィオレは、醜く変わった自分を嫌悪した。

『家族にすらも姿を見せられなくなりました』

その結果、ドアに耳を押し当てて気配を探ったり、家族に気づかれないように食事や入浴をすませるようになった。ストレスはますます溜まり、食欲が暴走する。

『だからアンチの人がよくコメントする、【ヴィオレが顔出ししないのはデブでブサイクだから】っていうのは、事実です』

コメント欄は荒れなかった。荒れなかったが残酷だった。

視聴者はただ、無言で去っていった。

ヴィオレは一人称で『ボク』を使い、性別を明かしていなかった。なのにリスナーたちは透明感のあるその声に、身勝手な幻想を抱いていた。

しかし視聴者数が減るところまで減ってしまうと、今度は逆に増え始めた。

SNSで「メンがヘラった配信者」として拡散されているらしい。いま配信を見ているのは、ファンでもアンチでもない火事場を見にきた野次馬たちだ。

そんなさらし者にされても、ヴィオレは独白を続ける。

部屋から出られないヴィオレは、当然のようにネットの世界に逃げこんだ。するとそこには、自分と同じような人間がたくさんいた。いじめの被害や無職の不安を赤裸々に語り、世界中の自分に向けて共感を得ようとする配信者たちがいた。

中でもそばを打ちながら世の中を呪う男の配信は、独特の口調がくせになって毎日追いかけていたという。知る人ぞ知る「そば男」だ。

多くの配信者がそうであるらしいが、誰かに夢中になると、次第に自分もやってみたくなるものらしい。

ヴィオレも機材をそろえて配信を始めた。トークには自信がないから、ゲームをしながら自分の現在を話した。性別は公表しなかったが、声がかわいいといくらか人気が出た。俺がヴィオレを知ったのもその頃だ。

長く配信を続けていくと、ヴィオレはいろいろなことを学んだ。

なにも悪いことをしていなくてもアンチという存在はいるし、こんな風になにもできない自分のことを応援してくれる人だっている。

『それはネットでも現実でも同じことだって、最近気づいたんです』

現実世界でも、なにも悪いことをしていないのにヴィオレを裏切る人間がいた。もうずっと話していないのに、家族が自分を心配してくれているとわかった。

『ネットとか現実とか関係なくて、この世界にはボクを応援してくれる人がたくさんいるんですよ。その理由がずっとわかりませんでした』

俺はコメントを打とうとしてやめた。ほかのリスナーがすでに書いていた。

『そう、それです。ボクも生きているだけで、誰かを応援していたみたいです。ヴィオレのおかげで身長が伸びて宝くじに当たって彼女ができました？　いまはそういうネタコメントでもうれしいです』

イヤホンからヴィオレの涙声が流れ、コメント欄には優しい言葉があふれた。

『ボクはリスナーさんたちから勇気をもらいました。だから、外に出てみようと思います……あ、引退するとかじゃありません！　違うから！　見送らないで！』

自分が外に出るようになれば、もっと面白いトークができるようになる。リスナーたちを楽しませられる。そんな風に思ったのだとヴィオレは笑った。

『でも本当は、会いたい人がいるからです』

感動していたリスナーたちが、ここへきて一気に色めき立つ。

『あ、人じゃないですね。この壁紙のアリクイ、実在するんですよ。なんで草なんですか？　ボクは真剣です』

コメント欄には「草」という一文字が連打されている。笑いを意味するネットスラングだが、俺には視聴者たちが拍手喝采しているように思えた。

『そんなわけで、次回からダイエット配信です。コントローラーを使ってボクシングするゲームをやりますよ』

最後にそれなりのオチをつけ、ヴィオレは配信を終えた。チャンネルの登録者数は終盤で回復を見せた結果、最終的に配信前より増えていた。それが炎上狙いだとたたくアンチも出るだろうが、いまのヴィオレは気にしないだろう。

俺はイヤホンをはずし、部屋の白い壁に向かってつぶやく。

「おつかれさん」

今頃ヴィオレはヘッドホンをはずし、澄礼に戻っているはずだ。

俺がヴィオレの正体に気づいていることを、澄礼はまだ知らない。

配信初期の頃は吸音設備も整っていなかったので、澄礼の声が俺の部屋に筒抜けだった。「ボク」という一人称や聞き慣れない作り声に戸惑いつつも、しゃべっている内容を聞いて、澄礼は澄礼なりに前に進もうとしているとわかった。

だから俺は、ずっと気づかないふりをしている。家に送られてくる宅配も、澄礼の無駄使いではなく視聴者からのプレゼントだと知っていた。

にもかかわらずドアをたたいて文句を言ったのは、リスナーが喜ぶ演出をするためだ。家族の声が聞こえる生々しい配信を好むゲスナーは多い。

ところで澄礼が今夜雑談をした理由は、俺と咲良のケンカじみた会話を聞いたからだろうか。それともばあちゃんとハンコの真相を知りたかったのか。もしくは単にアリクイさんに会いたくなっただけか。

まあ正解がどれでも構わない。俺はいつものように家事をこなし、少しずつ食事の糖質をカットするだけだ。

「さて。今日はもう寝るか」

よしと電気を消して目を閉じたタイミングで、ぽこんとラインに着信があった。

『眠れないんですけど』

南だった。恒例の知らんがな案件だが、いまの俺は少し機嫌がいい。

『教科書を読むといいぞ。すぐに眠気が襲ってくる』

『蒼衣は勉強してた？』

『そんなヒマが俺にあると思うか？』

『前から思ってたんだけどさ』

『なんだよ』

『おまえ、家族を言い訳にしてないか？』

いきなり胸ぐらをつかまれた。そんな錯覚に陥る。

『蒼衣の夢って留学だろ？』『だから大学なんていまの学力で受かるとこならどこでもいいって思ってる』『勉強するのは留学してからだってさ』

南がメッセージを連打する。

『思ってるよ。悪いか？』

大学に入ったら一年目は死ぬほどバイトする。資金が貯まって留学できたら、思い切り英語の勉強をする。それが俺の計画だ。いまはまだ準備期間じゃない。

『そのプラン、先のことだと思ってるだろ』『でも高校卒業したら、きっとなにもかもあっという間だぞ』『いまの調子じゃ絶対失敗する』

南の言葉が続いた。俺はただ読むことしかできない。

『そのとき家族を言い訳にするなよ』『サッカーのときみたいに』

部活は好きだった。ただ才能は頭打ちだった。心のどこかで辞める理由を探していた。俺は家事を担当せざるを得なくなったというポーズを取りながら、自分のプライドを小賢《こざか》しく守った。

『マジトーンごめwwwwwおこ?wwww』

『怒ってねーよ』

　努力を続けるのはしんどい。俺がいま勉強しないのは、家族の世話に追い立てられているからじゃない。ただの怠惰の言い訳だ。俺はふたりの姉に依存している。

『眠れなくてさ、いろいろ考えてたんだよ』

『なにを』

　聞き返すとスタンプが送られてきた。男子高校生らしからぬ、アリクイが照れているかわいらしいイラストだ。アリクイさん、はやっているんだろうか。

『蒼衣きゅんのこと考えてた』

『きめぇ』

　そう返したが、頭の奥でさっきの配信がよみがえった。こんな風に自分を応援してくれる人がいるのは、とてもありがたいことだ。

『がらにもないよな』『んでも言いたかった』『バカ野郎』『れっきとした才能を』『よく見ろ』『あんたは優しすぎる』『おれなんか未読でいい』『いつもありがとな』

　ネタまじりの励ましを読んで、俺は声を出して笑った。

『こっちこそありがとな。縦読み乙』

『あ。本当に未読スルーしないでね？』

俺は「未読はしねーよ」と声に出し、返信しないで勉強机に向かった。

3

「ボクが思うに、人間って見たいものだけを見るんです。SNSとかで自分とあわない意見をつぶやく人がいたら、ミュートしたりリムったりするじゃないですか。それと同じで鏡を見るときって、人は無意識に自分がよく見える角度に調整しちゃうんです。自分の醜い部分をミュートしちゃうんですよ」

油断しきった状態で窓に映った自分の姿は、本当に衝撃的だった。横や後ろから姿を見ないと、自分が「丸い」ということにはなかなか気づけない。

「でもおかげでだいぶやせました。今日の夕方、ボクは久しぶりに外へ出ます。みんな応援してください。それではまた今夜」

朝の配信を終え、わたしはふうと息を吐く。防音カーテンを開けて外を見ると、庭木にハトが留まっていた。寒さに震えながら金魚のお墓を見下ろしている。

いまは十一月。わたしが部屋から出てもう二ヶ月。

といっても、すべてがひきこもる前に戻ったわけじゃなくて。

ひきこもり経験者ならわかると思うけど、とにかく人と目をあわせることができない。人間が怖いというよりも、見られることが恥ずかしい。だから家族でさえも目を見て話すのは無理だった。

そんな状況をアオちゃんに説明すると、「アホか。誰も姉ちゃんのことなんか見てねーよ」とぶっきらぼうに言われた。昔からアオちゃんはわたしに優しい。

勇気を出して部屋から脱したときもそうだった。

廊下で会ったアオちゃんは、「おう、久しぶり」とだけ言って部屋に戻った。次の日に「いままでごめんなさい」と謝ったときは、「地声そんなだったか？」と首を傾《かし》げられた。地声という単語がちょっと気になったけれど、アオちゃんはわたしをまったく責めなかった。

それどころか、わたしがもう少しやせたら有久井印房に行きたいと言うと、「案内するのは一回目だけだ」と、渋々の体《てい》で承諾してくれた。

頼みごとをするとものすごく嫌な顔をするけれど、アオちゃんは絶対に断ったりしない。口は悪いけれど、心は誰よりも優しい。

そんなツンデレ弟をだましているようで心苦しいけれど、わたしが有久井印房に行ってみたい理由は、おばあちゃんのハンコのためだけじゃなかった。

一年ひきこもったわたしがダイエットをして外へ出ようと決心したのは、世界一かわいいアリクイさんに会ってみたいから。

あの日に通話の画面越しに見たアリクイさんの姿は、忘れることができない。

やわらかそうなふわふわの毛。エプロンみたいな茶色い模様。

恥ずかしそうに爪でこりこりとカウンターを削る仕草は尊みしかないし、困ったように耳を伏せた様子も目に焼き付いて離れない。

でも一番興奮するのは、やっぱり威嚇のポーズだ。

なにがいいかって、アリクイさんは怒っているのに周りからはそう見えない、むしろいやされてなごんでしまうところで、それを見てアリクイさんが不本意そうにカウンターに戻っていくのもよきだし、動物は体を大きく見せることで自分が強いと誇張しているわけで、威嚇のポーズをしているときのアリクイさんは内心ではヒヤヒヤしているのかもと想像すると、もう愛おしくてたまらなくなる。

根気よくネットを検索してみると、アリクイさんに抱きついたことがあるという人がたまにいた。本当かどうかわからないけれど、おおむね想像通りの手触りで、けれども意外と低反発で、匂いは動物というよりお布団のような感じらしい。

とてもうらやましいけれど、わたしは絶対に抱きつくなんて無理。

あらかじめハンコのことも調べたけれど、きっとまともに話もできないと思う。

わたしは妄想ばかりたくましい、陰キャオタクだから。

でもそれでいい。遠目にアリクイさんの姿を見るだけでわたしは満足。推しのアイドルを観客席から見るのと同じで、マナーを守って鼻息だけを荒くしたい。

そんなわけで、今日わたしは初めてアリクイさんに会いにいく。

久しぶりに外に出る緊張で、朝からずっと吐き気があった。胃がきゅうきゅうと締まって痛い。一度社会からはみでてしまうと、復帰は本当にしんどい。

「姉ちゃん平気か？　真っ青になってるぞ。また今度にするか？」

学校から帰ってきたアオちゃんが、わたしの顔をのぞきこむ。

体はつらいけどアリクイさんには会いたい。なによりおばあちゃんのことだってきちんと知りたい。姉弟の中ではわたしが一番おばあちゃん子で、おばあちゃんもわたしをかわいがってくれた。それが嘘だったなんて信じたくない。

「大丈夫、だよ……ごめん、がんばる、から」

わたしは萌《も》えと根性で立ち上がり、一年ぶりに靴を履いた。

「いらっしゃいませ。おやまあ咲良さんの弟さん。お久しぶりですね」

生《なま》の宇佐さんを見て、わたしは感動していた。吐き気と冷や汗でぼろぼろになっていたけれど、それでも自分がようやく有久井印房へきたんだと涙がにじむ。

それに実物の宇佐さんは本当にかわいい。頭にウサ耳なんてつけているのに媚《こ》びてなくて、「本当にウサギ人間なのでは？」と信じるまである。

「どうも、ご無沙汰です。ちょっとアリクイさんと話したいんですけど。あ、こっちはもうひとりの姉で澄礼って言います」

宇佐さんがわたしを見る気配。とっさに頭を下げて視線から逃れる。

「咲良さんの妹さんですか。いつもお姉さんにはお世話になられています。それではカウンターのお席にどうぞ」

わたしは弟の陰に隠れて歩いた。すでに心臓がやばい。

「こんにちは、お久しぶりです」

思わずひっと喉が鳴った。高からず低からず、中年の哀愁を漂わせながらも、同時に親しみやすさを覚えるこの声。夢にまで見たアリクイさんがすぐそばにいる。

「すみません、今日は俺たちだけです。姉ちゃんはここんとこ土日も忙しくて、アリクイさんによろしくと言ってました」

頼もしき弟がよどみなく話す。アオちゃんはアリクイさんが動物だと信じていないけれど、正体をつつき回ろうとは考えていないらしかった。たぶんおばあちゃんのことで恩を感じているのだと思う。

「すごいですね、咲良さん。まだ入社したばかりの新人なのに、ムロ先生の穴を埋めるご活躍だそうですよ。ぼくも応援しています」

「そうなんですか？　家では『疲れた』と、『有久井印房に行きたい』しか言わなくなってるんで、正直よくわかんないっす」

アオちゃんが席に座った。わたしを遮る壁がなくなる。必然的に見えた。

わたしは、アリクイさんを、正面から見てしまった。

「ひゅわ」

あまりにかわいい生き物がそこにいて、しゃっくりみたいな声が出る。

「どうかなさいましたか？」

アリクイさんが小首を傾げた。表情なんてないのに絵に描いたようなきょとん。

待って。やばい。その目のつぶらさがやばい。ふんわりした毛や丸いフォルムじゃなく、くりんとした瞳の破壊力がやばい。語彙力まで破壊された。やばい。

「下の姉の澄礼っす。人と話すの得意じゃないんで、気にしないでください」

アオちゃんがフォローしてくれたので、わたしはかろうじて椅子に座った。

目の前にはアリクイさんがいる。横目で見るとカウンター席の奥にかぴおくんもいた。緊張と興奮で手汗がやばい。

「まあ『穴を埋める活躍』って言ってたの本人ですけどね。それに咲良さん、なんだかんだでしょっちゅう店にきて愚痴ってますよ」

宇佐さんが水とメニューを置いてくれた。わたしは感激する。

地に足ついたミルフィーユ。どの方向から食べてもおいしいピザトースト。どら焼きみたいなパンケーキに、一瞬でなくなってしまうミルクセーキ。

どれもネットで調べて、うっとりと憧れていたお品書きの数々だ。

でも悲しいことに、わたしには食欲がない。胃は完全にからっぽだけど、緊張しすぎて食べたいという気がまったく起こらない。

「姉ちゃん、なんにする？」

「ごめん、アオちゃん……わたし、おなか空いてなくて……」

「俺も。でも話だけ聞いて帰るってのもな。ふたりで食べられるやつ……っていうとこれか。すいません宇佐さん。ミックスサンドとコーラお願いします。姉ちゃんは水のほうがいいよな？」

わたしは力なくうなずいた。優しい弟にただただ感謝。

「かしこまりました。少々お待ちください」

アリクイさんがうなずいて食パンを準備する。あれは駅向こうにあるパン屋さんの角食《かくしょく》で、トーストでもサンドイッチでもとてもおいしいらしい。アリクイさんも好物なのだと、自身の御朱印ブログに感想をつづっていた。

「すいませんアリクイさん。今日はばあちゃんのハンコのことを聞きたくてきたんです。前に彫ってもらった砂時計の」

アオちゃんが早くも本題を切りだした。わたしはもうちょっとアリクイさんを眺めていたかったけれど、やっぱりおばあちゃんのことも気になる。

「ばあちゃんはあのハンコを頼むにあたって、なにか言ってませんでしたか。孫たちを早く自立させるためとか、そんな感じのことを」

「そういったことは、特におっしゃっていなかったと思います。ただ……」

「ただ、なんです？」

「女性は結婚で苗字《みょうじ》が変わることが多いので、うちでもお名前だけでハンコを作ることをおすすめしています。あやめさんにもその説明はしました。その後にあやめさんは四本とも名前だけのハンコをご希望されましたので、ぼくは蒼衣さんも含めてみなさん女性だと思ったんです」

だからアオちゃんが男の子と知って、ちょっと引っかかったということらしい。

「なるほど。男が名前だけで彫ることに意味ってあります？」

「意味は……すみません、ぼくにはわかりかねます。ですが、男性が名前だけで彫ることのメリットもないと思います――どうぞ」

アリクイさんがカウンターの上にサンドイッチとコーラを置いた。

一般的にミックスサンドというと、ハム、タマゴ、チーズなんかだと思う。ちょっといいお店なら、ローストビーフやエビなんかをはさむかもしれない。

さて有久井印房のミックスサンドはというと、耳を落とした二枚の食パンを四等分にした食べやすいサイズ。具はハムとレタス、タマゴ、きゅうりとツナ。そんなオーソドックスな三種に加え、ひとつだけ角度的に中身がわからないものがある。

「逆に考えると、男の俺が名前だけって時点で、このハンコは一般的じゃないわけですよね。つまりばあちゃんは日常使いさせるために作ったんじゃないと。なにか意図があるのかな……」

アオちゃんがぶつぶつ言いながら口にハムサンドをほうりこんだ。

「先ほど蒼衣さんが、『孫たちを早く自立させる』とおっしゃっていましたが、昔はハンコを作ったら一人前という風潮は確かにありました」

アリクイさんがつけ加えると、アオちゃんは「なるほど」とタマゴサンドに手を伸ばした。さっきはおなかいっぱいだと言っていたくせに、ずいぶんおいしそうにパクパク食べる。

「ばあちゃん古風な人だったし、やっぱり俺たちを追いだしたかったのかな……」

「ハンコで自立をうながすって、回りくどすぎて効果が薄そうですけど」

手が空いた宇佐さんが会話に加わってきた。

「そっすよね。説明されてもピンとこないし……つかこのサンドイッチ、めちゃめちゃうまくないですか？　バター、というかパンがいいのかな」

きゅうりとツナのサンドイッチも、アオちゃんはひとくちで食べた。

おかげで最後に残ったサンドイッチの中身が見える。白いペースト状で、ところどころに赤や黄色のかけらがはさまれたもの。全体的にヘルシー系な具が多いから、ポテトサラダだろうか――違う。

まさか、ミックスサンドにこれがあるなんて！

「ありがとうございます。最近になっておいしいパン屋さんと出会いまして」

「いやマジでうまいですよ。具とパンが一体化してるっつーか、なんか料理って感じしますもん。正直あなどって――」

アオちゃんが最後のサンドイッチに手を伸ばした。

しかしその手はお皿の上で、なにもつかめず戸惑っている。

「……なんだよ姉ちゃん。さっきはいらないって言ったくせに」

さっきはさっき、いまはいま。このサンドイッチばかりは譲れない。

だって、わたしの大好物だから。

小さなサンドイッチを両手で持って、わたしはリスのようにひとくちかじる。

唇に触れたパンはふわっふわ。口の中に広がる甘い風味のクリーム。そこから主張してくるさまざまな果実の香りに、わたしはたまらず声をもらした。

「おいしい……」

「ミックスサンドにひとつだけフルーツサンドが入ってるのって、女の子にはめちゃうれしいですよね」

宇佐さんの言葉に、思わず「わかる！」と叫びそうになった。

フルーツサンドは、たとえるならパンで作ったショートケーキだ。だからいくらおいしくても、同じものをふたつは食べない。

なのにフルーツサンドはカフェでもコンビニでも量で勝負してくる。友だちとシェアなんてできないぼっちは、いつも購入をためらってしまう。

「サンドイッチに使うパンは、具材をはさんでからカットするのが普通です」

アリクイさんが言うには、四種の具がはさまれたミックスサンドを作る場合、四セット八枚の食パンが必要らしい。オーダーがあって一セット提供した場合、残り三セットは作り置きとして冷蔵庫にしまわれる。フルーツサンドが量で攻めてくるのも似た理屈で、作業の手間やコストを考えるとそれはしかたのないことだそう。

「でもうちでは逆に、パンをカットしてから具材をはさみます。形は不格好になっちゃいますけど、その分パンをおいしいまま食べられるので」

そのおかげでミックスサンドにひとつだけフルーツサンドという、うれしいイレギュラーメニューが誕生したとのこと。

「なんかそう聞くと、めちゃめちゃうまそうに思える」

アオちゃんが物欲しそうにわたしのサンドイッチを見た。

「実際すごくおいしいよ。果物はイチゴ、ミカン、キウイって、小さいながらに三種類も入ってて、それぞれリッチな味のクリームとすごくマッチしてる。パンもすごくやわらかくて風味があって、ほんとケーキのスポンジみたいにクリームと相性ばっちり。これを食べられないなんて人生損してるね」

しまったと思ったがもう遅い。

わたしは好きなものについて語ると、オタク特有の早口が出てしまう。

店にきてまだひとことくらいしかしゃべっていないのに、二言目からの饒舌弁舌《じょうぜつべんぜつ》長広舌《ちょうこうぜつ》で、間違いなくみんなドン引きしているはずだ。

「うちの生クリームには秘密があるんですよね、店長」

「はい。チーズケーキに使っているマスカルポーネをちょっぴり混ぜています。そうするとコクが出て、いわゆるリッチな味わいになるので」

「ますますうまそうなんだけど。おかわりってできます？」

アオちゃんのオーダーに、「かしこまりました」といい声でアリクイさん。

目の前にアリクイさんがいて、こんなにおいしいサンドイッチがあって、誰もわたしのことを異端視したりしない。

がんばって部屋から出てよかった。そう思うと、つるっと涙が出た。

「……こんなとこで泣くなよキモい」

アオちゃんがハンカチをくれた。普段はそんなもの持ち歩かないのに。

その後のわたしは、アリクイさんが新たに作ってくれたサンドイッチを三つも食べた。ハムにタマゴにツナときゅうり。具材はいたって普通そのもの。でもこんなにおいしいサンドイッチを、わたしはいままで食べたことがない。

「そういやこのミックスサンドのフルーツサンドと同じで、アリクイさんが彫ってくれたハンコにも一本だけ変わり種が混じってたんですよ——」

アオちゃんが我が家の込みいった事情を説明しだした。サンドイッチがおいしかったから、アリクイさんのことを信用したのかもしれない。

「……なるほど。事情はわかりました」

言葉をはさまず聞き終えると、アリクイさんは静かにうなずいた。

「となると問題は、『ゆり』さんの行方ですね」

一緒に聞いていた宇佐さんが、ふむと考え始める。

この件に関して、長女のサクちゃんは一貫して同じ主張をしていた。

『おばあちゃんは、絶対あたしたちを愛してくれてたんだってば。大切にしていた砂時計を分けてくれたのがその証拠』

だから『ゆり』もおばあちゃんが愛していたひとりであり、必ずハンコを渡してあげなければならないと。

おばあちゃんの気持ちを汲《く》めば、そうすべきだと思う。

でも『ゆり』の可能性として上がるのは、隠し子やら、生き別れた子なわけで。

家族としては、どうしても複雑な気分になる。

「そもそも『ゆり』って、人名とは限りませんよね」

宇佐さんの言葉を聞いて、わたしとアオちゃんはお互いの顔を見た。

わたしたち三姉弟ともう一本だから、当然そうだと思っていた。『ゆり』が人でないものを指す可能性なんて、考えたこともなかった。

「さっき店長が言ってたパン屋さんは『ブーランジェリーMUGI』って名前なんですけど、麦《むぎ》ちゃんっていうオーナーの娘の名前から取ってるんですよね」

「それって、『ゆり』は店の名前かもしれないってことっすか？」

「あくまで可能性のひとつです。うちの姉は愛車に『メリー号』って名前をつけてますし。『ゆり』という名前をつけた人の性格やセンス、大事にしていたものから考えてみると、答えが見つかるかもしれませんよ」

アオちゃんを見ると口をぽかんと開けていた。目から鱗《うろこ》が落ちると人はこんな顔になるらしい。きっとわたしも同じ表情をしている。

「ばあちゃんが大事にしていたもの……調べるのが怖いな」

なにか思いついたのか、アオちゃんがスマホを操作した。何度か検索ワードを打ち直した結果、ため息をつきながら画面を見せてくれる。

「最悪の結果だ」

表示されているのは、北海道にあるお寿司屋《すし》さんのサイトだった。紫色の暖簾《のれん》の中央に、「ゆり」と白い文字が染め抜かれている。

アオちゃんが大叔父さんに聞いた話では、寿司職人だったおばあちゃんの想い人《おもびと》は北海道へ渡っていたはずだ。

「ふたりがつきあっていなかったってのは、大叔父さんの後づけかもしれない。実際は見合いの話がある前に、ばあちゃんは『ゆり』を身ごもっていた。だけどじいちゃんと結婚するほうが条件がよかったから、家族に反対されて寿司職人とは別れることになった。寿司職人は生まれた子どもを引き取って北海道へ渡り、祈りをこめるように娘と同じ『ゆり』という名前を店につけた」

アオちゃんの推測を聞いて、胸の動悸《どうき》が激しくなった。

わたしは自分が、家族や友人に置いていかれたと思っていた。

けれど実際は逆で、わたしたちは叔母の「ゆり」から母親を奪っていた。

おばあちゃんから娘を奪っていた。

そんな可能性を考えて、指の先が震え始める。

「蒼衣さんの推理は、直感的にキーワードをこじつけただけですよね。材料から都合の悪い部分だけを否定できるなら、なんでもありになっちゃいますよ」

宇佐さんがアオちゃんの意見をやんわり否定した。

そうかもしれない。わたしたちは家族視点で考えるから、思いこみでこじつけてしまう部分はある。大叔父さんはうさんくさいという先入観もあった。

「そんなこと……まあ、そうかもしれないですね……」

サクちゃんとはすぐケンカになるアオちゃんが、珍しく感情を抑える。横顔がほんのりと赤い。そういうお年頃なのかと軽くもやっとする。

「あの……ぼくは思うんですが」

アリクイさんが遠慮がちに口を開いた。

「四本のハンコはすべて名前のみで、書体も誰でも読める楷書体でした。実印というよりは、別の使用目的があるような気がします」

アオちゃんが首を横に振った。

「気を使っていただいてありがとうございます。でもばあちゃんは古い人間だったから、一人前にして追いだそうとしたっていうのが一番しっくりきました」

アオちゃんはハンコと「ゆり」を切り分けているように感じた。

北海道のお寿司屋さんが出てきたから、もっと直接的にアプローチする方法を考えているのだと思う。

「若者はいつも老人をあなどる。古い人間は新しい文化に適合できないってね」

カウンター席の奥にいたかぴおくんが言った。

「だから巻物のような遺物《レガシー》ばかり探して、個人情報の宝庫を見過ごす」

まさか声を聞けると思っていなかったので、わたしの喉がまたひゅっと鳴る。

「それ、どういう意味ですか」

アオちゃんがむっとなって聞き返した。

かぴおくんは若いねというように鼻で笑うと、パソコンの画面を見せてくれた。

「あやめさんの彫刻依頼は、メールできているのさ」

判明した事実を報告すると、サクちゃんは「急いで帰る」と返信をくれた。

頼れる長女を待つ間、わたしたちはおばあちゃんの部屋を家捜《やさが》ししている。

小さい頃にアオちゃんがあげた肩たたき券。

わたしが小唄を習うときに巻いていた子ども用の帯。

本人も忘れているであろう、サクちゃんが表彰されたときの読書感想文。

物を大切にするおばあちゃんの部屋からは、思い出がざくざくと発掘される。

押し入れの中から出てきたノートパソコンも、お父さんの遺品だった。

「これこそ時代遅れ《レガシー》だろ……ばあちゃんがパソコン使えるなら、もっとまともなの買ってやればよかったな」

なかなか立ち上がらないパソコンを見てアオちゃんが言った。画面の中央ではぐるぐると砂時計が回っている。こんな風に砂時計を幾度も回転させて、おばあちゃんは北海道へ行ける日を心待ちにしていた。そんな想像をしたのかもしれない。

「たぶん、いらないって言ったと思うよ。このパソコンがあるから」

おばあちゃんは物を大切に使う。だから砂時計をハンコにしたことだって、わたしたちにちゃんと使わせる意図があったはずだ。

「よし。とりあえず立ち上がった」

画面にゼロ年代のOSロゴが現れ、簡素なデスクトップが表示された。メーラーのアイコンをクリックすると、再び砂時計がくるくると回る。

「待つのって、しんどいよな」

「え？　……うん」

わたしが部屋から出るまでの話かと思い、反射的に気持ちが沈んだ。

「うちの家系って、みんなせっかちな気がするんだ。趣味をころころ変えたり、チャンスが回ってくるのを待てなかったりさ」

サクちゃんはそんな節がある。わたしもしゃべると早口だ。

でもみんな待つのが苦手というより、あきらめが早いのだと思う。

お父さんとお母さんのことで、あきらめられない時間を長くすごしたから。

「だからばあちゃんも、せっかちだよな」

家族から解放されるのを気長に待たない。アオちゃんはそう言いたげだった。

「お……なんだこれ。『早割一万円！　国内最安宿のご案内』？」

やっと起動したメーラーの受信フォルダに、未開封のメールが溜まっている。

最新の件名は、『ペア限定！　温泉みかん狩りバスツアー先着十名』。旅行会社からのプロモーションメールだろう。以前に旅行の申しこみでもしたのだろうか。

「昔のパソもっさりすぎだろ……矢印キー押すたびに砂時計が回る」

「アオちゃん代わって」

スマホオンリーな弟と交代して、わたしがタッチパッドを操作する。スクロールバーを思い切り引き下げると、ようやく宣伝ではないメールを見つけた。

「おい、これって北海道に行こうとしてたってことじゃ……」

開いてみると旅行会社からのキャンセル確認メールだった。返金ができない旨の内容を見て、アオちゃんの顔が青ざめる。

おばあちゃんは旅行を予約したものの、行くことができなかったようだ。

「待ってアオちゃん。これキャンセルされたの『伊勢志摩《いせしま》ツアー』ってなってる」

「伊勢？　伊勢って北海道じゃないよな？」

「うん。おばあちゃんたちが新婚旅行したところだよ。三重県《みえ》」

アオちゃんと違って、わたしはおじいちゃんのことを少し覚えている。

あれはお正月のこと。お雑煮でおかしらつきのエビを初めて見て、わたしはものすごく興奮した。するとおじいちゃんが、新婚旅行で行った伊勢でもっと大きなエビを見たと自慢した。おじいちゃんの記憶はこれが一番印象に残っている。

「でもばあちゃんは、じいちゃんと結婚したくなかったはずだよな。なんで死ぬ前にそんなところに旅行しようとしたんだ？」

わからない。やっぱり大叔父さんの話が間違っているのかも。

「ネットの履歴、見てみるね」

多少の後ろめたさを感じつつ、わたしはブラウザを起動した。

砂時計がくるくる回る。時間が少しだけ巻き戻っていく。

「検索結果のページが多いね。『真珠　店　伊勢』って感じで調べてたみたい」

アオちゃんがスマホで調べてみると、伊勢は真珠の産地らしかった。

「そういえば……お母さんがパールのネックレスを持ってたよね」

なにかのヒントになるかもと探してみると、タンスから中身のないケースだけが出てきた。保証書によれば伊勢のお店で買ったものらしい。

「テレビんとこに置いてある海女さんのコケシも、そんとき買ったのかな」

「たぶんそうだと思う。おばあちゃん物を捨てないから」

「じゃあなんでネックレスがないんだ？　それも質屋に売ったってことか？」

わからない。サクちゃんが帰ったら聞いてみることにして、もう少しパソコンから手がかりを探すことにする。

「いや……さすがにそこは関係ないだろ」

目についた表計算ソフトをクリックすると、アオちゃんが呆れた声で言った。

「そうだとは思うけど……」

かぴおくんが言ったように、わたしたちはおばあちゃんがパソコンを使っているなんて思いもしなかった。表計算ソフトはお父さんしか使っていないと考えるのも、勝手な思いこみかもしれない。

起動したソフトのプルダウンメニューから、最近使ったファイルの履歴を見る。

「この『当番表』って……日付け的におばあちゃんが作ってるかも」

ファイルを読みこむと、「掃除」や「ゴミ捨て」などの項目が並んでいた。

「なんだこれ。町内会の掃除当番の割り当てか？」

「違うよアオちゃん。これ家事当番だよ。『洗濯』と『料理』がある」

「それって、うちの家事ってことか？　じゃあばあちゃんは、俺たちに家事を当番制でやらせようとしてたのか？」

「たぶんね」

声に振り返るとサクちゃんがいた。まだ仕事用のスーツを着たまま。

「ほら。この当番表、項目の下に空欄があるでしょ。担当したら、あたしたちがここにスタンプを押すようになってるんじゃない？」

「あっ」

アオちゃんとわたしは同時に気づいた。

誰でも読める楷書体。男のアオちゃんも名前だけ。実印とは別の使用目的——。

「あのハンコの用途は、スタンプだったのか……」

アリクイさんが言った通りだった。でも当番表に使うだけのスタンプに、わざわざ大事な砂時計でハンコを作るなんて考えつくわけがない。

「たぶんおばあちゃんは、自分がいなくなった後のことを考えてたんだろうね。あたしが就職でテンパってなにもしないこととか、自分が死んだら澄礼がショックを受けることとか、蒼衣ばっかりが家事を押しつけられることになるとか」

だから大事な砂時計を使ったのだとしたら、やっぱり「自立をうながす」という意味もこめられていたのかもしれない。

「俺はいま、感動に打ち震えてるよ。ばあちゃんの先見の明もそうだけど、姉ちゃんが俺に家のことを押しつけている自覚があったことに」

「いままでごめんね蒼衣。晩ご飯にピザ買ってきたから許して」

「青春の浪費代がピザ一枚なのか？」

「もっと食べたいなら明日も明後日《あさって》も買ってくるよ。お給料ちょっと増えるし」

わたしもアオちゃんも驚いた。だってサクちゃんはまだ入社一年目だ。

「ま、その辺りのことも含めて、今夜はこれからの新町家について話そうかね」

サクちゃんが「ビール、ビール」と冷蔵庫へ向かう。

パールのネックレスの行方。

おばあちゃんが結婚指輪を売ったことや、伊勢志摩へ行きたかった理由。

なによりいまだ不明な「ゆり」の正体――。

わからないことはまだまだあるけれど、わたしも祝杯を上げたい気分だった。

4

「私にとって有久井印房は、『サードプレイス』だったんだと思います」

久しぶりに会ったムロ先輩の声は、どことなくあったかい。

最初の頃はクールを通り越してロボットみたいな人だったけれど、いまでは「物静かで知的なおねえさん」くらいの印象になった。人間変われば変わるもの。

「『サードプレイス』……あたしの語彙にはないですね」

「暮らしの拠点が『ファーストプレイス』。学校や職場など、多くの時間を費やすところが『セカンドプレイス』。それ以外で気軽に立ち寄れて、その場の誰もが居心地よくすごせる場所が『サードプレイス』だそうです」

厳密には軽い会話や交流をできるとか、新規の人にも優しいとか、細かくいろいろな定義がある模様。主にアメリカで議論されている話だとかなんとか。

「前にニュースで見ましたよ。『フラリーマン』でしたっけ？　あんまり家に帰りたくない人が、時間を潰す場所って感じですか？」

「そういう場所としても機能すると思います。昔の言葉でいう『床屋談議』の床屋にも相当するかもしれません。でも私や咲良ちゃんにとっては、気兼ねのいらない『第二のリビング』ではないですか？」

「あー、わかります。先輩が休んでる間、あたしひとりでしょっちゅうきて、アリクイさんと宇佐ちゃんとおしゃべりしてましたもん」

職場も家も居心地は悪くないけれど、まったく問題がないわけじゃない。

でも有久井印房でのわたしはなんの責任もないから、本当に心からリラックスできた。ごはんもおいしいしおしゃべりも楽しくて、ただいやしてもらえた。

「私が夫の看病をする前、アリクイさんは血のつながっていない家族の話をしてくれました。宇佐ちゃんはいつでも帰ってこいと言ってくれました。大げさではなく、私は家族と同じ距離感のこの店に救われたと思います」

アリクイさんはカウンターの向こうでずっと仕事をしている。聞こえていないのかと思ったけれど、さっきからラテアートが失敗続きだ。

「そんなサードプレイスへ導いてくれた咲良ちゃんにも、私は救われました」

「なんかあたしだけ、とってつけたっぽくないです？」

そんなことないですよと、ムロ先輩が目を細めて笑った。真意はともあれ、人が心から笑っている様子を見るのは気持ちがいい。

「まあ先輩もたいへんでしたけど、あたしもてんやわんやの一年でしたよ」

「そうですね。でも咲良ちゃんなら大丈夫だと思っていました」

「大丈夫じゃないですよ。お休みしていた先輩がやっと戻ってきたと思ったら、しばらくして『会社辞めます』ってなんなんですか」

おかげであたしは、入社一年目で現場責任者になってしまった。確かに仕事は楽しいし向いていると思うけれど、プレッシャーがあまりに大きすぎる。

「たくさん趣味を見つけようと思ったんです。そう思うようになったのは咲良ちゃんのせいなので、お互いさまですね」

「まあいいですけど。それで先輩、趣味は見つかったんですか？」

「なんとも言えません。ただ、自分が漠然と接してきたことの中に、好きなものがあった気はしています。たとえば仕事とか、犬とか」

ムロ先輩がくすりと笑い声を漏らした。つらい目に遭った先輩だけれど、いまは幸せそうな顔をしている。あたしはそれがとてもうれしい。

「犬はよくわかりませんけど、コーヒー入れるのが嫌いだったら、さすがのムロ先輩ももっと早く辞めてますよね。ほかには英会話とか書道ですか？」

「しいていえば、気になるのは『人間』です。私のことより、咲良ちゃんのことを教えてください。さっき途中で終わってしまった、『ハンコ騒動』の顛末《てんまつ》を」

そうそう。サードプレイスの話をする前は、家族の話をしていたのだった。

「あたし、どこまで話しましたっけ？」

「妹さんがパールのネックレスを見つけられなかったところですね」

「あー……あれはですね。単にあたしが持ち出したんです」

ムロ先輩の旦那さんの葬儀に出席する際に。それで言《い》い淀《よど》んでいたら、先輩があたたかい声と眼差《まなざ》しで有久井印房の話を始めたんだった。

「あのネックレスはお母さんのものなんですけど、もともとはおばあちゃんが新婚旅行で買ったものだったんです。それがおばあちゃんからお母さんへと譲られて、その後は必然的にあたしのものに」

「でもネックレスでしたら、妹の澄礼さんも使いたいのでは」

「そうなんですよ！　……なに笑ってるんですか」

「すみません。咲良ちゃんの『そうなんですよ！』を久しぶりに聞いたので」

ムロ先輩きれいになったなあと、あたしは関係ないことを思った。

「まあそういうわけで、おばあちゃんが真珠を買いにいこうとしていたのは、あたしと澄礼がケンカをしないようにするためって結論づけました。家族会議で」

その根拠として、まずおばあちゃんは結婚指輪を売った。蒼衣はおじいちゃんから逃れたかったからだと推測したけれど、単に争いの種を処分したとも言える。指輪も娘や孫へ譲られがちだし、パールよりもオンリーワンの意味合いが濃いから。

実際指輪が残っていたら、あたしは妹に譲る。

でもあたしが長女だから、澄礼は絶対に遠慮する。

すると「あげる」、「いらない」の押し問答になって、そこに蒼衣も加わってわちゃわちゃになるのは目に見えている。

争い自体はささいでも、積み重なれば爆発するもの。おばあちゃんは自分の死後におけるそれを避けようとして、生前からいろいろ画策していたんだと思う。

「なるほど。では最後に残る謎は『ゆり』さんですね」

「あれはですね、あたしが北海道の『ゆり』というお寿司屋さんに電話しました。そしたらオーナーは東京で支店をやっているというんですよ。おばあちゃんの想い人の息子さんらしいので、思い切って会ってきました。お寿司めちゃめちゃおいしかったですよ。今度一緒に行きましょう先輩」

「そうですね。でもいまは話の続きをお願いします」

続きと言われてもたいした話はない。息子さんは気さくな大将で、亡き父親のことをなつかしそうに話してくれた。

『この店の名前、親父《おやじ》が好きな花の名前をつけたって言うんです。でもね、親父が花を好きだった様子なんてまるでないんですよ。それでお袋があやしいって問い詰めたんですけど、親父はずっと吐きませんでした。でも死ぬ間際に、自分にだけこっそり教えてくれたんです』

昔好きだった人と一緒に見た百合《ゆり》の花がきれいだった――と。

「百合の花……ですか。では弟さんが想像していた人名などではないと」

「そうなんです。たぶんおばあちゃんも、名前をつけるときにぱっと思いだしたんでしょうね。だからまあずっと想っていたとかではなくて、ふたりともいい思い出にしていたんだと思います」

大叔父さんや蒼衣の勘繰りは、間違いでもないけれど正解でもない。この辺りの思いこみは男女で差があると思う。あたしはおばあちゃんを支持したい。

「お互いに知らないところで大事なものに同じ名前をつけていたって、ちょっとロマンチックですよね。映画だったら『絶対泣ける』シーンですよ」

「待ってください咲良ちゃん。お寿司屋さんはともかく、おばあさまが名前をつけていたものとはなんですか」

「あ、言ってませんでしたっけ？　『ゆり』って金魚です。あたしがすくって、おばあちゃんが飼ってた金魚の名前ですよ」

おばあちゃんは自分の部屋で飼っていたので、あたしたちは金魚の名前まで知らなかった。なぜそれが判明したかというと、おばあちゃんが表計算ソフトで作っていた家計簿に、「ゆりのエサ」という項目があったから。

「笑いますよね。かぴおくんによると、砂時計は砂が固まってしまって使用はできなかったそうです。台所に置いていたから、油でも入ったんでしょう。でも大事にしていたものだから再利用しようと、おばあちゃんはハンコにすることを思いついた。ところが砂時計の柱は孫の数より一本多い」

「それで、金魚の名前ですか……？　もったいなかったからと」

「正解はわかりませんけど、あたしたちはそう思うことにしました」

やっぱりみんな、愛されていたと思いたいから。

「『ゆり』のハンコは、庭の隅にあった金魚のお墓に埋めてあげました。あたしたちのハンコは、ただいま絶賛使用中ですよ」

自分の分担作業を終えたらぽちっと当番表に押している。ハンコがないと「姉ちゃん風呂掃除しろよ」と弟に怒られるシステムだ。

「この一年間はずっと弟に迷惑かけたんで、来年はあたしと澄礼ががんばろうと思ってます。それはもともと考えてたんですよ」

蒼衣に海外留学の夢があるのは知っていた。進路相談のときに担任からこっそり聞いたから。そのわりに本人が勉強してないのが気になっていた。こいつはサッカーのときみたいに、あきらめる気かもしれないと。蒼衣はあたしにそっくりだ。

ちなみに澄礼のことは心配してなかった。前に進もうとしていると、蒼衣から報告を受けていたから。

あたしはがんばってる人に、「がんばれ」なんて言ったりしない。そのせいで「これ以上がんばらなきゃいけないの？」とプレッシャーを感じてしまい、すべてを放り投げてしまう人もいる。あたしみたいに。

上の立場の人間はあれこれ言わず、ただかっこよくあればいい。下の人間はその背中を見て自分で努力する。ムロ先輩もそうだったから、あたしもそうした。

まあ澄礼が立ち直るきっかけは、あたしじゃなくてアリクイさんだったけど。

「だから家族会議の夜に、家のことはお姉ちゃんに任せて今度こそ夢に向かってがんばれって言ったんです。蒼衣は適当な大学に受かったら一年バイトして費用を稼ぐみたいなこと考えてたんですけど、それもしなくていいって」

「咲良ちゃんは言ってましたね。『わけあって仕事は絶対に辞められない』と」

そうなんだけれど、実はお金のことを伝えたのはあたしではなく澄礼だ。

ちょっと前までひきこもってた人間がなにを言ってるのと思ったけれど、澄礼が見せてくれた預金残高はあたしのものより多かった。ライバルの少ないプラットフォームでの配信とかいうのは、当たるとリターンがすごいらしい。

「まあそういうわけで、あたしのファーストプレイスもセカンドプレイスも、いまはいい感じなんですよ。これもすべてサードプレイスのおかげです。アリクイさん、いつもありがとうございます」

コーヒーを入れていたアリクイさんがびくりと固まった。やっぱり照れくさくて聞こえないふりをしていただけらしい。

「ぼくはなにも……ただハンコを彫っただけですので」

「そのハンコのおかげで、あたしたちは自立できたんです」

おばあちゃんが健在のときから、働くようになったら自分が一家を養うつもりではいた。それが妹と弟にすべてを押しつけることになると知りながら、最初の一年間だけと言い訳していた部分はある。

けれどそれは、二年、三年と延びていたかもしれなかった。

「結果的に収入面では妹に負けて、弟は勉強をしながら家事をほとんどやってくれちゃってます。だからあたしはいまでもなにもしてないんですけど、ふたりとも妙に尊敬してくれるんですよね。『姉ちゃんはなんだかんだで長女だよ』って。それってやっぱり、この店のおかげですよ」

最初はお客さんだったこのお店で、あたしはいきなり仕事が楽しいと思った。その後もムロ先輩がいなくてしんどいと愚痴を聞いてもらったし、おばあちゃんのハンコの件では弟と妹がお世話になった。

「それはつまり、サンドイッチがおいしいってことですか？　澄礼さんも、蒼衣さんも、くるたびにそればっかりですですし」

ミックスサンドをつまみながら話すあたしに、宇佐ちゃんが茶々を入れてくる。

「うん。遠くない未来にあたしたちはバラバラになると思うけど、その前にぎゅっとつながったんじゃないかな。あのハンコやミックスサンドのおかげで」

アリクイさんはときどき「縁」の話をしてくれる。一度つながった縁はそう簡単に切れないと言うけれど、あたしはそうは思わない。

いままで仲よくしていた友だちでも、今後死ぬまで会わないという人は大勢いそうだ。世の中には「離縁」とか「絶縁」という言葉もある。

もしもおばあちゃんのハンコ騒動がなければ、あたしたち姉弟は近くにいてもつながっていなかったかもしれない。

そう思うと、やっぱりアリクイさんと出会えた縁に感謝したかった。

そういう意味で、感謝を伝えるべき相手はもうひとりいる。

あたしたちのサードプレイスとして、有久井印房を居心地のいい店にしようと努力しているのは宇佐ちゃんだ。プロとして一年働いた目で見ると、その細やかな気づかいを知ってハッとさせられることは多い。

「それから宇佐ちゃんもありがとう。これからもこの店の番人でいてほしいな」

「番人て」

「じゃあ影の支配者？」

「まあどっちでもいいですけど。わたしももうすぐ、お店からは卒業しますよ」

宇佐ちゃんがさらりと言ったので、あたしは「そうなんだ」と普通に相づちを打ってしまった。

ことの重大さに気づいたのは、ムロ先輩が無表情のままあたしのフルーツサンドにフォークを突き刺して食べようとしていたからだ。

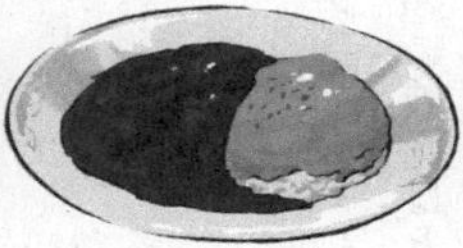

ARIKUI no INBOU

大家さんと
オムハヤシと改刻

1

二十八歳、営業職、実家住み。

趣味は食べ歩きで、特技はクレヨンしんちゃんのものまね。

映《ば》える写真をSNSに上げて、話題の映画はとりあえずチェックする。

今日もよくわからないけれど、テレビで取り上げられていた小さな劇団のお芝居を友だちと見にきた。

そしたらなんか、打ち上げに誘われちゃった。

ふふ。

そんな量産型女子のわたし――一寸琴子《いっすんことこ》がちょっぴり人と違うこと。

それは――。


「え、琴ちゃんって土地持ってるの？」

そう。我が家は代々土地で収入を得ている小金持ち。

対してきみはニート同然な弱小劇団の舞台俳優。

なに初対面で名前呼びしてきてんの？　こびへつらえとは言わないけれど、もうちょっと距離は保ってちょうだいね？

「たくさんじゃないけどね。ご先祖さまが遺してくれたから」

「そっかー、琴ちゃんお嬢さまだったんだね。ふーん」

いや、まあ、そこまでではないです。お金持ちではないけど、働かなくてもギリ生きていけるかなーくらいで。

「全然違うよー。働かなくちゃ生きていけないもん」

「あー、仕事してるんだっけ。さっき不動産屋さんって言ってた？」

そうだよ。親の土地を有効活用したいから、転がすスキルを現場で身につけたかったんだよ。

ついでに金持ちのイケメンと知りあえるかもって思ってたけど、そっちは全然ダメだったわ。わたし顔はかわいいほうなのに、背がちっちゃいんだよね。名は体を表すっていうけどあれほんと。

「うん。ビルのテナント募集とかを調整する仕事」

「へー。なんかたいへんそうだね」

たいへんだよ。アホほどたいへんだよ。

このご時世に飛びこみ営業やらせる会社だし、アホほど優秀な先輩と比べられるからさっさと寿退社したいよ。

でも男が声かけてこないんだよなー。わたし背ちっちゃいからなー。普通に仕事してるだけでも、「がんばってて偉いね」とか子ども扱いされるしなー。これでも結婚焦ってる系のアラサーなんだけどなー。

「まあね。仕事はたいへんだけど、毎日充実してるよ」

「ふーん。琴ちゃんって、いまつきあってる人いるの？」

お？　なにこの流れ。ここ居酒屋だけど合コンじゃないぞ？　いまきみの劇団の打ち上げ中だぞ。というか面白そうだからついてきただけで、こっちはそういう目的できてないっての。弱小劇団の俳優なんて未来なさそうだし。

「えー、いないよー。もうずっとひとりぼっち」

「じゃあ僕とつきあってよ」

いやいやいや。この流れからのそれって、完全にお金目当てですやん。きみがほしいのは彼女じゃなくてパトロンですやん。どこの世界にこんなヒモ宣言受け入れるやつがいるんだよ。そりゃエセ関西弁にもなるわ。

「えー、なにそれー。冗談ばっかり」

「いや本気。琴ちゃんを好きになった」

おいやめろ。わたしが押しに弱いと知っての狼藉《ろうぜき》か？　つかきみ、役者なら芝居談議とかしろよ。こっちはそれ聞きにきてんだよ。なにちょっと顔近づけてガチ気味に口説きにきてんだよ。しかし顔だけはいいなきみ。

「うっそだー。わたしなんかのどこがいいの」

「顔」

まあね。露骨だけど、ここで「性格」とか言わなかったのは評価するよね。ただ顔って言われてもさあ。うれしいけどさあ。もうちょっとオブラートにさあ。うれしいけどさあ。

「それ、誰にでも言ってるでしょう？」

「芝居ではね」

いやなんだよそれ。なんだよその自嘲する感じ。ここだけ役者っぽい演技出してくるなよ。ドキドキするだろ。つかきみ、舞台ではまあまあかっこよかったよ。いまはあんな小さな箱だけど、そのうち銀幕デビューあるかもね。知らんけど。

「もー、本気にするからやめて」

「本気だよ」

小声でささやくなよ。どうせ金目当てなんだろ。言っとくけどじゃぶじゃぶ使えるほどないからな。

いやあげないよ。あげてもお小遣いくらいだからな。こっちは普段ガチで婚活してんだよ。今日はつかの間の息抜きなんだよ。そういうのいらないんだよ。

「言っておくけど、子どもっぽく見えてわたし二十八だからね」

「愛があれば六歳の差なんて関係ないよ」

えっ、六歳？ってことはいま二十二？ まずいってそれ。それ完全にわたしが金でたぶらかした感じになるじゃん。つきあったらずっと世間の目を気にしちゃうやつじゃん。若いファンに遠慮して舞台は遠くから見るやつじゃん。

でもそれはそれで優越感バリバリにありそう。ちょっといいな……。

いいや、よくない。そんなのデビューしてから捨てられるやつじゃん。「不遇時代を支えた元カノKさん」って、週刊誌に記事書かれちゃうやつじゃん。絶対だめ。だめったらだめ。

「関係あるよ。わたしはもう結婚を考える歳《とし》だし」

「じゃあ琴子さん、僕と結婚を考えてください」

丁寧！ 急に丁寧！ いままで子犬みたいな感じだったのに、急に男っぽさ出してくるなよ！　つーかそこまでしてお金ほしいの？　それはそれでもっと優良物件あるだろ。もっと上を目指してけよ。わたしで妥協すんなよ。

「わたしはやっぱり、安定した職業の旦那さんがいいなあ」

「……」

なに黙ってんだよ。おいまさか、役者とわたしを天秤《てんびん》にかけてんのか？　いやいやいや落ち着けって。さっき会ったばっかりだぞ？　きみいままで何年も芝居やってきてんだろ？　そんな大切なものと二十八の女を比べんなよ。「仕事とわたしとどっちが大事？」って質問、あれトラップだからな。女が大事なんて言ったらこいつ将来性ゼロって判断されるやつだからな。

「お酒、同じのでいい？」

「……」

沈黙なげーよ。無言のプレッシャーかけてくんなよ。そんな拗《す》ね顔《がお》されたら優しくしたくなっちゃうだろ。やめて。ほんとやめて。ああもう。

「とりあえず、一回デートしよっか？」

そこからはあれですよ。あれよあれよですよ。

押しに弱いわたしが一方的に振り回されるつきあいが始まって、気がつけば三ヶ月で結婚とあいなりました。

お互いに好きなところは「顔」。おまけに彼はわたしに金銭的なサポートを期待してる。冷静に考えれば結婚なんてあり得ない。

でもそれゆえか、妙に波長があうところはあったんだよね。最終的には「これもまた人生か」と、わたしは年貢を納めてしまいましたとさ。

おかげでわたしのライフデザインはもうぼろぼろ。

彼の収入は期待できないどころか完全にマイナスなので、わたしは仕事を辞められなかった。そのくせ小劇場の多い都内に住みたいなんてぬかすから、わたしは大好きな地元からも離れなければならない。

そう、地元。

わたしの愛する川沙希《かわさき》市望口《のぞみくち》。

一寸家は望口商店街の隅っこにいくらか土地を持っていて、自分たちでも店を構えてる。「一寸堂」という文具店がそれで、火、土、日が定休日という週四営業のストロングスタイル。早い話がただの道楽。

そこで店番をしているのは、界隈《かいわい》では「チョットさん」というあだ名で呼ばれているうちの母。いつでも和装で涼しげな笑みを浮かべた古風な美人。営業中は日がな向かいの有久井《ありくい》印房《いんぼう》を眺めて、ひたすら優雅にすごしている。

継母《ままはは》だからわたしと血はつながっていないけれど、親子仲はいいのでふたりで出かけることもある。まあ一緒に暮らしている娘から見ても、チョットさんはちょっとミステリアスな人。

かたやの父は辺り一帯の大地主、のはずだけれど、基本的に「チョットさんのご主人」という扱いをされるくらい影が薄い。自身も美容院を経営していて、そっちが本業と考えているような職人肌。でも娘には甘々。

そんなふたりに愛されて育ったというのに、わたしはこんなに計算高い人間に育ってしまった。この辺りでは「腹黒ウェイトレス」でおなじみな有久井印房の宇佐《うさ》ちゃんにすら、一寸琴子は要注意人物として警戒されている。

なぜならわたしは、有久井印房の大家さんだから。

両親とも資産を有効活用しようなどと考えていないので、大家業は主にわたしが行っている。まあ特になにをするわけでもなく、大半は雑務の処理。

有久井印房とも特にトラブルがあるわけじゃないけれど、大家と店子《たなこ》なのだからそれなりに意見がぶつかることもある。特に宇佐ちゃんとは。

というわけで、東京に引っ越す前に後顧《こうこ》の憂いを断ちにいこう。

「さて」

わたしはちゃぶ台に湯飲みを置いて立ち上がった。

今日は土曜日。わたしの会社も一寸堂もお休みなので、さっきまでチョットさんとテレビを見ながらお茶を飲んでいたところ。

「アリクイさんのとこ行ってくるね」

今日は大家として、ガツンと厳しくいかなければならない。食べ物でごまかされないよう、お昼ご飯もちゃんと食べた。

よしと玄関を出て庭を通る。

門をくぐって道路に出たあとは、左に曲がると今日はお休みの一寸堂。

その向かいに建っているのはレンガ造りのかわいいお店で、緑のオーナメントにはこんな文字が書かれている。

有久井印房

店主の有久井まなぶさん、通称アリクイさんが経営するハンコ屋兼喫茶店。

わたしとのつきあいは店のオープン初日から。あの頃はいつ訪ねても、「冷たくて気持ちよくて」と、アリクイさんは店の床で眠っていた。

それがいまや押しも押されぬ、とまではいかないけれど、それなりのお客さんが入る店になっている。

ハンコ職人としては優秀だけれど、経営手腕はからっきし。そんなアリクイさんをサポートすべく、宇佐ちゃんがブレーンになったから。

当時の宇佐ちゃんはまだ小学生。にもかかわらず経営知識がやたらに豊富で、廃業寸前の有久井印房を見事に立て直した。当時高校生だったわたしは、密《ひそ》かに弟子入りしようかと思ったくらい。

あれから十年がたち、いまは宇佐ちゃんも大学生。

当然、一筋縄でいく相手じゃない。

なにしろそんなことを思っていたら、先制攻撃されたくらいだ。

「いらっしゃいませ大家さん。今日もオムハヤシですか？」

わたしがお店のドアを開けるより早く、中から宇佐ちゃんが出てきた。

白ブラウスに黒スカートという、オールドスクールなユニフォーム。けれど頭の横にはてろんと垂れたウサギの耳。

この奇抜なスタイルも、店ではなじむように計算されているのだから恐ろしい。

とはいえ、こっちだって武器を持たずにのこのこやってきたわけじゃない。

「宇佐ちゃんあのね、今日は普通にお客さん迎えるみたいに言って」

「普通にですか？　なんでまた」

「いいからお願い」

「……まあ構いませんけど」

露骨に疑わしそうな目つきだけれど、宇佐ちゃんは応じてくれた。

「いらっしゃいませ。本日はお食事ですか？　ご印鑑ですか？」

「印鑑で！」

昔から、ずっとこれを言ってみたかった。

「でも大家さん。ハンコは大昔に作ったじゃないですか。結婚してもうちは婿を取るから、ハンコの名前も変わらないって」

そう。わたしがかつてアリクイさんに彫ってもらったハンコは、「一寸琴子」というフルネーム。結婚しても姓が変わらないのも事実。宇佐ちゃんは本当に細かいところまでよく覚えている。

「そ、それはほら、ちょっと気が変わったんだよね」

「またなにかたくらんでません？」

「またってなに」

「もっと有久井印房をはやらせるんだって、勝手に自薦型グルメサイトに登録したことを忘れたんですか？　しかも『デリバリー可』にしたせいで、対応でしっちゃかめっちゃかになった日々を」

そんなこともあった。有久井印房は出前サービスを請け負っていない。わたしがアカウントを忘れたせいで情報の編集もできず、宇佐ちゃんとふたりで電話対応に追われてたいへんな思いをしたっけ。

「ま、まあそれもね。有久井印房を思ってのことだからね」

「ありがた営業妨害です」

「大丈夫。今日はちゃんとハンコのお客さんだから。さあ入れて入れて」

不審そうな宇佐ちゃんの横をすり抜け、勝手知ったる店の奥へと進んでいく。

「こんにちは大家さん。オムハヤシですか？」

カウンターの中からアリクイさんが声をかけてきた。

ふっさりした全身の白い毛。まっすぐにこちらを見つめる、くりんくりんの瞳。しゃこしゃことハンコを彫るのに便利な、黒くて太い爪。

アリクイさんは見ての通りにアリクイだ。正確に言えばミナミコアリクイ。なんでアリクイが二足歩行でしゃべってお店を経営しているのかなんて、有久井印房のお客さんは誰も気にしてない。

もちろんわたしも、その手の問答は十年前に通りすぎている。

アリクイさんはアリクイさん。以上。

「今日は違うんだなー。なんとハンコを作りにきたんです」

「これは失礼しました。となるとカイコクですか？」

「カイコク？」

文脈にあいそうな字が思いつかない。

「印章を改めて彫刻することです。ハンコの作り直しですね。ハンコは人の分身なので、彫り直しは身を削るようで縁起が悪いと言われていました。しかし最近では、先祖の形見や希少価値の高い印材を使いたいという声も多く――」

「ストップ！　わかった！　改刻《かいこく》！」

ハンコのことになるとアリクイさんの話は長い。聞いているといつまでたってもうんちくが終わらず、打ちあわせは翌日なんてこともざら。

「ぼくはほかの職人さんが彫ったハンコの改刻は苦手なんですけど、大家さんのものならばいつでも承ります。自分で手がけたものですので」

「あ、うん。改刻は大丈夫です。名字も変わりませんし」

「では新規のご注文ですか？」

アリクイさんの目がいきいきと輝いた。わたしは申し訳ない気持ちになる。

そもそもハンコを注文するという話はダミーだ。わたしの目的は打ちあわせを装って、宇佐ちゃんに邪魔されずアリクイさんと話すこと。

一応保険的に「夫のハンコを作る」という話は用意してあるけれど、あまり期待させないうちに本題に入ったほうがいいだろう。

「ハンコと言えば、最近お店の景気はどうですか？」

「はい。おかげさまで仕事は順調です。パンがとてもおいしくなったと、お客さまからも喜ばれています」

傍目《はため》に見ても商売は順調だと思う。けれど問題はそこじゃない。

「あの、大家さん。やっぱりオムハヤシ召し上がりますか？」

「え、なんで？」

「オムハヤシを食べたそうな顔をなさっているので」

どんな顔だと聞き返せば、そんな顔ですと言われそう。

実際お店にきたら、やっぱりオムハヤシを食べたくなったし。

「……じゃあもらおうかな。あとカフェラテも」

せっかく昼ごはんを食べてきたのに、わたしは押しに弱すぎる。

といっても、普段のアリクイさんたちはこんな風に注文を迫ったりしない。今回は相手がわたしだからだ。

なにしろこの「オムハヤシ」は、若き日のわたしが提案したメニュー。採用されてからはこればかり食べているので、宇佐ちゃんもアリクイさんもわたしの顔がオムハヤシに見えているのだろう。

「少々お待ちください」

アリクイさんが調理に取りかかった。相変わらず小さな手で大きなフライパンを器用に扱うなあ……なんて見とれている場合じゃない。本題。

「アリクイさん。カフェとしての営業は人気みたいですけど、ハンコのほうはどうですか？　あんまり景気がよくないニュースを見かけますけど」

「そうですね。ありがたいことに、以前よりも注文をいただいています」

あれ、そうなの？　なんか聞いてた話と違うけど。ハンコ業界は下火みたいなニュース記事を読んできたけど。

「でも将来的に、ハンコがなくなるなんて話もありますよね。そんなに遠い未来の話じゃないかもしれませんよ」

ハンコ文化の評判はすこぶる悪い。早くなくなればいいと思われているのが世論だと聞いた。大家としてはきちんと話を聞いておきたい。

「どうしたんですか大家さん。うちの経営状態は健全ですよ」

早くも宇佐ちゃんが割りこんできた。しかし流れは悪くない。

「いまはそうかもしれないけどね。大家としてはやっぱり気になるわけよ。いいテナントさんには長くいてほしいから」

「なるほど。金の切れ目が縁の切れ目と」

普段から宇佐ちゃんは性格が黒いけれど、わたしには特に手厳しい。

でもこっちだって商売なのだ。有久井印房にずっと営業してもらうためには、いろいろと意地悪なことも聞く必要がある。

「確かに……大家さんの言う通りです。ぼくたちはいま、変わっていかなければならない時期だと思います」

アリクイさんがうつむいたまま答えた。現状を嘆いているのか、調理を優先しているのかはちょっとわからない。

「うんうん。変化って、具体的には？」

「原点回帰でしょうか。日用品としてのハンコではなく、印章彫刻という芸術品としての在り方を模索していく段階かもしれません」

「僕も店長の意見に同意だね」

そう言ったのは、カウンター席の奥にいたカピバラだった。

彼の名前はかぴおくん。いつも隅っこでパソコンを見つめている従業員。その姿は目立たないけれど、スタンプや名刺のデザインをこなし、ネットサービスでの宣伝を行い、はてはウェイターや厨房《ちゅうぼう》仕事もこなすマルチタレント。

宇佐ちゃんが有久井印房の影の支配者だとしたら、かぴおくんは縁の下の力持ち的な存在。なのでこの子の意見もけっこう大事。

「大衆はハンコをハンコとしか思ってない。店長の印章はすでに芸術品だと気づいていない。額装までしてやらないと、壁の落書きには誰も目を留めないのさ」

かぴおくんが大げさに肩をすくめた。これはちょっと珍しい。

いつも無口なかぴおくんが口を開くと、たいていはキザなセリフかつまらないダジャレが出てくる。オーバーな仕草はともかく、こんな風に飾らない言葉をしゃべることはあまりない。アリクイさんに対するリスペクト、なのかな。

「芸術品……？　壁の落書き……？」

アリクイさんがはてと首を傾げている。ほめられたのかけなされたのかを判別できていない模様。

「まあ確かに、アリクイさんのハンコはいいものだと思うよ。でも芸術って、山奥にアトリエを構えてやっとこ成り立つ感じの商売じゃない？」

まがりなりにもここは商店街なので、賃料はそれなりにいただいている。家賃を数ヶ月滞納して作品が売れたらまとめて払うなんて方法では、ほかのテナントさんたちに示しがつかない。

「一応いろいろと生き残りは考えてますよ。このカフェラテみたいに、集客方法はいつもアップデートしてます」

「えっ、なにこれかわいい！」

宇佐ちゃんがカウンターに置いたカフェラテの表面に、ミルクでアリクイさんの横顔が描かれていた。いつの間にラテアートなんて技術を……いやいや。これだけじゃ足りない。

「こういうのって、宇佐ちゃんのアイデアでしょ？」

「アイデアってほどじゃないですよ」

「でも宇佐ちゃんがこのお店のブレーンなわけじゃない。その宇佐ちゃんも来年は就職活動で忙しくなるでしょ？　アリクイさんひとりで喫茶もハンコも経営もってなると、ちょっときついんじゃない？　どっちかだけにしぼるとか」

近隣商店でいち早く全面禁煙に着手し、いつもぼーっとしているかぴおくんにSNSで情報を発信させる。そんな風に時代の流れに敏感な目利きがいなくなったら、ライバルの多い商店街で生き残るのは難しい。

「つまり大家さんはこう言いたいわけですね。『ハンコの仕事が足を引っ張っているので、カフェ業務に特化してくれないか』と」

「そこまでは言ってないけど……」

思ってはいる。末永くいてもらうにはそれがベストだ。

「ぼくは……ハンコと喫茶の両方があってこそ、有久井印房だと思っています。彫刻の依頼がなくなったとしても、看板を下げることはありません」

珍しくアリクイさんが凜々《りり》しい顔つきだ。まあそうだろうなとは思う。

「うん。わかってたけどね。いろいろ言ってごめんなさい。わたしも両親もこのお店が好きだから、できる限り長く続けてほしくって」

これは本当に心の底から思っていること。ただ立場が違えば考え方も違う。

「ぼくも理解しています。大家と店子は親子と同じ関係です。親が子どもを心配するのは当たり前ですから。どうぞ」

アリクイさんがカウンターに湯気の立つ皿を置いた。

「これ！　すべてはこれのためなんだよなー！」

赤いハヤシソースと、黄色いふわとろタマゴのコントラスト。

見た瞬間に心が躍り、うっかり心の声がこぼれてしまった。

初期の有久井印房にはお客さんがいなかったので、アリクイさんはつれづれなるままに料理を試作していた。オムハヤシの前身であるハヤシライスもそのひとつ。

当時のわたしは十八、十九の食べ盛りで、毎日試食をさせてもらっていた。

そのハヤシライスが、まあおいしいのなんの。

牛の骨をじっくりことこと煮こんで作ったフォンドボー……とまではいかないけれど、たくさん野菜を加えたソースは手間もコストもかかっている。そんなのまずいわけがない。ひとくち食べて、わたしはすっかりとりこになった。

ただハヤシライスの見た目は地味なので、喫茶店の定番メニューなのにあまり人気がないという問題がある。

『地味で売価も高すぎます。これではメニューに加えられませんね』

ばっさり仕分けしようとした小学生のブレーンを説得するために、わたしは街を食べ歩いて他店のハヤシライスを研究した。

そうやって努力して出した結論が、このオムハヤシというメニュー。

「いただきます」

オムハヤシにはオムライスにハヤシソースをかけたものと、ハヤシライスにタマゴをトッピングしたものの二種類ある。

有久井印房のオムハヤシは後者。ハヤシライスの上にとろとろの半熟タマゴが加わるだけで、彩りは一気にカラフルになって食欲がそそられる。

ひとくち食べると……ふふ、ふふと、笑ってしまうくらいにおいしい。

「相変わらずおいしそうに食べますね。子どもみたいに」

呆《あき》れ顔《がお》の宇佐ちゃんに、「だっておいしいもん」と子どもみたいに返した。

トマト風味のハヤシソースはタマゴと相性もいい。それはまさしく酸味とコクと甘みの共存。具の牛肉もほろっほろなので、飲み物みたいにがぶがぶいける。

そうやってわたしが毎日のように食べにくるからか、宇佐ちゃんも折れてオムハヤシは有久井印房のメニューに採用された。

ちなみにオムハヤシは全メニューの中で一番お値段が高い。それでもわたし以外に注文する人もそれなりにいる。一度食べたら絶対やみつきになるから。

というわけで、十代のわたしはとてもいい仕事をしたと思う。

だから二十代のわたしも、望口を去る前にもうひとつくらい仕事をしたい。

「たいへんおいしゅうございました」

あっという間に好物をたいらげ、食後のカフェラテを飲む至福のひととき。

「大家さんもたいへんですねぇ。新婚さんなのに気がかりが多くて」

食べ終わったお皿を片づけながら、宇佐ちゃんがちくりと刺してくる。

「わかってほしいなあ。わたしはこのお店が好きなだけだってば」

「それなら都内から通ってください」

「まあちょいちょい帰ってくるけどね。でも基本は向こうに住むことになるから、困ってることがあったらいまのうちに言って」

自分は必要悪だとわかっていても、今日はさすがに心が痛んだ。最後に寛大な大家であることをアピールして、好感度の帳尻をあわせよう。

「じゃあ店長。あれ言ったほうがいいんじゃないですか」

「あれ？　あれってなんだっけ」

「ほらあれですよ。例のあれ。大家さんには関係あるんじゃないですか？」

「……ああ、例の。でもあれで困っているというほどでも……」

わたしは「あれってなに！」と業《ごう》を煮やした。

「ええとですね。たいしたことではないと思いますが――」

ようやく説明してくれたアリクイさんによると、店の前、正確に言えば花壇の脇に置いてあった植木鉢が、立て続けに二度ほど割られたらしい。

「それって、この間わたしがあげたやつだよね？」

うちで古い植木鉢が余っていると話すと、なぜかアリクイさんがほしがった。

ティラミスというスイーツは、ココアパウダーの上にミントの葉を飾ることで植木鉢をイメージしているらしい。だから新作ティラミスの盛りつけの参考にしたいというので、庭のこやしになっていた植木鉢をあげたのだ。

「はい。盛りつけを考える時間が取れなくて、置きっぱなしにしていたんです。そしたらいつの間にか割れていたので、気にはなっていました」

「それは……大家として見捨てておけないね。嫌がらせの可能性もあるし」

わたしは神妙な顔で言った。大家なら誰だってそうなる。

「嫌がらせ……ぼくは風か猫だと思いますが」

「いやいや。嫌がらせでなくても、酔っ払いとか、近所の子どもとか、いたずらをされてる可能性もあるしね。こういうのは徹底的に究明しておかないと。それこそが大家の務め！」

わたしに任せなさいと胸を張った。

きっとこれが、有久井印房にわたしが残してあげられるものになる。

「いえいえ。それくらいうちで調査しますよ。ひま鳥《どり》もいますし」

奥のテーブル席で、常連のハトが抗議するようにタイプライターを鳴らした。

あのハトは鳥のくせに夜目も利くので、確かに調査員としては優秀だろう。なによりいつもひまそうだ。でもわたしにそんな鳥は必要ない。

「大丈夫。アリクイさんのとこ以外にも問題があるかもしれないから、わたしのほうでやってみるよ。調査員にも心当たりあるしね」

それではごちそうさまと、気分よく店を出る。

なにか忘れている気がしたけれど、思い出せないのだから問題ないだろう。

それから一週間たって再びの土曜日。

目覚めてすぐに部屋の窓を開けると、一寸堂の屋根越しに有久井印房が見えた。黒板の前にいる宇佐ちゃんが、いつものイラストを描いている。

土曜日のそこそこ早い時間に起きると、いつもこの光景を見ることができた。もうしばらくすると店の前に、「調査員候補」がやってくるだろう。

「……ほらきた」

顔を洗って手早く着替え、忍び足で家を出る。シャッターの下りた一寸堂の前に着くと、有久井印房を見張るように電柱の陰に女の子が隠れていた。

「すみません。ちょっといいですか」

声をかけると女の子がびくりとする。わなわなと肩を震わせながらも、こちらを振り向いた顔は無表情。そしてなかなかの美人。

「な、なんでしょう。わたしは怪しいものではございません。駅向こうのパン屋で働いている、アルバイトの高津《たかつ》麦《むぎ》と申します。いまは配達の帰りです」

服装を見る限り、確かにパン屋さんぽいかっこうだ。ただこうまで素性をぺらぺらしゃべったら、かえってあやしまれるだろうに。

「知ってるよ。あなたが毎朝パンの配達にきてることも、その後にしばらく有久井印房を観察してることも」

高津さんの表情は変わらずクールなままだった。しかし全身はやっぱりぷるぷると震えている。顔の横には「(……バレてる)」とふきだしでもありそうな雰囲気。

明らかにおびえているのに、顔はランウェイを歩くモデルみたいなポーカーフェイス。そのギャップにふきだしそうになりながらも、わたしは毅然《きぜん》と対応する。

「あなたはなにが目的なの？　事と次第によっては警察に通報するけど」

「わ、わたしはただ、いつも売り切れているモカロールの謎を解きたかっただけなんです。そのための張りこみなんです。警察はご勘弁ください」

有久井印房の店の前には、メニューが記された黒板がある。

さっき宇佐ちゃんがイラストを描いていたけれど、あそこに「※モカロール売り切れました」と書かれたときは、「いま忙しいです」の意味だと思っていい。

『有久井印房のモカロールには、勇気が出る魔法がかかっている』

そんな常連たちの噂話《うわさばなし》を、宇佐ちゃんが利用しているのだ。モカロールが売り切れているときは、誰かがアリクイさんと話すことで勇気をもらおうとしていると。

だから「※モカロール売り切れました」のメッセージを読んだお客さんは、かつては自分もアリクイさんに世話になったと、来訪の日をあらためてくれる。

有久井印房が忙しすぎずひますぎないのは、宇佐ちゃんとお客さんたちが配慮しているからだ。このお店は本当にたくさんの人に愛されている。

「謎を解きたい……ねえ。その謎って、張りこみだけで解けるものなの？」

「解けません。でもわたしはほかの方法を知りません」

聞きこみをすればわかるだろうに。もしかしたら人間嫌いなんだろうか。だったらなおさら「調査員」にはうってつけかもしれない。ただ懸念もある。

「あの、なんでもしますから警察にだけは。親に迷惑をかけたくないんです」

「通報はしないよ。だってあなた、宇佐ちゃんの友だちでしょ？」

春先の灯籠流しや夏祭りなどで、この子と宇佐ちゃんに会ったことがある。いままも駅前で立ち話をしているのをときどき見かけた。

つまりこの子と宇佐ちゃんは仲がいい。それはわたしに都合が悪い。

「ご存じなんですか？　そういえば……うっすらですが、おねえさんの顔にも見覚えがあります」

「わたしのことはいいから。宇佐ちゃんと友だちなら、モカロールの謎も聞けば一発でわかるんじゃないの」

「宇佐ちゃんは配達のパンは受け取ってくれるのに、仕事のことは教えてくれないんです。有久井印房には最大級の謎があるからって、中にも入れてもらえません。小学校から大学まで同じ幼馴染《おさなな じ》みなのに……」

つまり高津さんは、アリクイさんに会ったことがないのだろう。

お店のバランサーたる宇佐ちゃんの気持ちを思えば、このめんどくさそうな子は店から遠ざけたいと考えるに違いない。

ということは、この子と宇佐ちゃんは有久井印房に関して情報を共有していないことになる。これほど調査員の適性が高い子はそういない。

「なるほどね。だったらあなたに、ひとつ頼みたいんだけど」

「わ、わたしに断る権利はないですね？　やばい橋を渡らされるんですね？」

「別に断ってもいいよ。ただ——」

「く、臭い飯を食う覚悟はしておけと？」

「そんなにおびえないで。わたしはただ、『割れた植木鉢の謎』を解く手助けをしてほしいと思ってるだけよ」

高津さんの目がきらりと輝いた。よっぽど謎解きが好きなのか、「詳しく聞かせてください」と即座に食いついてくる。

「……なるほど。わたしはなにをすればいいですか？」

かいつまんで説明すると、高津さんはメモを取りだした。

「主に環境調査かな。植木鉢が割られた日と回数。それからほかのお店で同様の被害がないか。その辺りを調べてくれると助かるかも」

「犯人は見つけなくていいんですか？」

「特定の犯人はいないと思うんだよね。おそらく犯行時刻は深夜で、酔っ払いとか近所の悪ガキが、たまたま植木鉢を見つけて壊しただけっていうか。あなたを危険な目に遭わせるわけにもいかないから、データだけを集めて」

「……承知しました」

少し不服そうだけれど、高津さんは依頼を受けてくれた。

「じゃあ一週間後にまたここで。報酬はそのときに払うね」

「報酬？」

「高津さんはモカロールの謎を知りたいんでしょう？」

「結構です。謎はいつだって、自分で解かなければ意味がありませんから」

そう言って、高津さんはまた電柱の陰に身を潜めた。

そんなことがあった夜。時刻は午前一時を回った頃。

「人知れずに植木鉢を割るなら、こういう時間だよね」

わたしは自室の窓を開け、有久井印房の前を確認した。

駅前ではまだ飲んでいる人もいるだろう。でも商店街の隅たるこの辺りには、人通りもまったくない。じっと耳をすませても、カラスや猫の声もしなかった。

「犯人がくるとしたら、そろそろかな」

頃合いだと判断して、サンダルを履いて庭へ出る。あらかじめ用意しておいた袋を手に取り、ぺたぺた歩いて有久井印房の前へ。

周囲に誰もいないのを確認すると、わたしは花壇脇の植木鉢をひとつくすねた。

代わりに持参した袋の中から、割れた植木鉢の破片をばらまく。

「ま、犯人はわたしなんだけどね」

2

犯行の翌日。

外回りをしている営業職の先輩と待ちあわせして、わたしは有久井印房でランチを食べることにした。

「一寸ちゃんと印房にくるの久しぶりだね」

真夜《まよ》先輩は例のアホほど仕事ができる人で、うちの会社では初の女性所長になるかもなんて言われているビジネスウーマン。

「不景気なんですよ。ごはん食べるひまもないくらい忙しく働いてるのに、今月未達になりそうで。先輩はどうですか」

「目標額？　二百パーセントまではいったけど」

こんな案配なので、真夜先輩は陰で『仕事と結婚した女』と噂されていた。本人もそのつもりだったらしく、有久井印房を訪れた際にも「江田《えだ》真夜」というフルネームで実印を作っている。名字を変える気はさらさらないという決意表明。

ところが真夜先輩は、ハンコを作った翌年あっさり結婚してしまった。

それも男性社員で一番ご面相が優れていた根津《ねづ》さんと。根津さんはすでに会社を辞めていたけれど、弊社女子社員一同が嫉妬に狂ったのは言うまでもない。

わたしは真夜先輩ほどデキる女ではないけれど、気があうのでたまにプライベートでも遊んでいる。仕事では黒スーツを着て颯爽《さっそう》と街を歩いているのに、オフでは動物とスイーツにめろめろな先輩は乙女かわいい。

「あ、宇佐ちゃん。例の件うまくいきそうだって」

ミルフィーユをつっきつつ、先輩が通りすがった宇佐ちゃんに声をかけた。

真夜先輩もハンコを作った頃から、有久井印房の常連になっている。

「ありがとうございます。店長のほうもなんとか持ち直しそうですよ」

宇佐ちゃんがちらりとわたしを見た。あてつけるようにふっと笑われる。

ふたりが話しているのは、某デベロッパーによるプロジェクトの件だ。有久井印房を含むこの辺り一帯の土地に、フードパークを建設するという話があった。土地の所有者はもちろん一寸家。購入の申しこみが入ったら、左うちわの生活になるのは間違いない。

ところがうちに話がくる前に、某弱小不動産会社に勤めている根津さん、つまり真夜先輩の旦那さんが、別の予定地を業者に打診した。

かくして有久井印房の平穏は無事に守られた。めでたしめでたし。残念でしたね大家さん――というのが関係者の共通認識になっている。

「も、もちろんうちは、売ってくれって言われても断るつもりだったからね。お金儲《かねもう》けより、店子さんたちとの信頼関係が優先だから」

これは本当。商店街の代表とお父さんが話しあって、断ることは決まっていた。わたしだって実家がなくなるのは普通に困る。まあウハウハ生活を想像しなかったわけでもないけれど。

「ならいいんですけどー。最近の大家さん、うちの経営にやたらとくちばしつっこんできますからね。なにかたくらんでいても不思議じゃないです」

「ひどい宇佐ちゃん。ちっちゃい頃、夏祭りでラムネおごってあげたのに」

「それ、毎年言いますよね。気をつけてくださいね真夜さん。この大家さん、息を吸うようにパワハラしてきますから」

真夜先輩がくつくつと笑った。

「知ってる。一寸ちゃんと言えば『恩着せがましい』だから」

「真夜先輩までひどい。落ちこんでたときプリンおごってあげたのに」

「そういうとこですよ」

宇佐ちゃんがばっさり切り捨て去っていった。

わかってる。背の小ささがコンプレックスで、どうにか相手より優位に立とうとするのがわたしだ。物理的な上から目線でマウントをとられる気持ちなんて、アリクイさんくらいしかわかってくれないだろう。

「それで、一寸ちゃんの新婚生活はどう？　まだ一緒に住んでないんだっけ」

先輩が話題を変えた。今日のトークテーマはこの辺りになりそう。

「まだですよ。ヒモを養うみたいなものなので、いまから憂鬱です」

「そっか。一寸ちゃんは名字変わらないんだっけ」

「婿扱いですからね。でも先輩だって江田真夜のままじゃないですか」

「会社ではそうしてるだけ。実際の戸籍は根津真夜になってるよ」

カウンターの向こうでアリクイさんの耳がひくりと動いた。アリクイさんの好物はマヨネーズなので、先輩のフルネームは聞き流せないだろう。

「じゃあ改姓の手続きしたんですね。やってられないって聞きますけど」

「たいへんだったよ。銀行口座とか、免許証とか、引っ越しの手続きと同じくらいかなって思ってたのに。住民票を取りにいったりあれやこれやで、とにかく無駄に時間がかかることばっかり」

それはめんどくさそうだ。まあわたしには関係ないけど。

「あと会社の書類手続きでトラブルも多いんだよね。総務の子たちとか、絶対に私のこと恨んでるよ。かっこつけてないで、素直に旦那の姓を名乗れって」

「まあ……そんな話もたまに聞きますね」

実はしょっちゅう聞く。真夜先輩はやっかまれるネタが多い。

「名前を覚えてもらうのが営業の仕事だから、名字を変えるってすごくデメリットでしょ？　一寸ちゃんならわかってもらえると思うけど、ほかの人にはなかなか伝わらないんだよね」

わかる。わたしもこの珍名でかわいがられてきたタイプだ。

「そういえば一寸ちゃんの旦那さん、婿になることは簡単に承諾したの？」

「そりゃもうあっさりと。わたしが名字は変えたくないって言ったら、『僕は芸名で生きているから別にいいよ』って」

なんで名字を変えたくないかと言えば、屋号にもなっている自分の姓を気に入っているから。いじられることも多いけれど、それゆえ逆にプライドになってしまったのだと思う。

「でも一般的には女が変えるんだよね。相手の名字が気に入らなくても、周りがみんなそうだからって。女が変えるものって偏見を、女も持ってる」

「わかります。というか、夫婦別姓ってまだできないんでしたっけ？」

「批判が多いんだって。家族がばらばらになるとか、子どもの姓をどっちにするかでトラブルになるからって」

なんじゃそりゃと思う。じゃあわたしが旦那の姓になったら、両親との縁が切れるとでもいうのだろうか。

「だから夫婦が別々の姓を名乗るためには、いまのところ事実婚しかない状況なんだよね。もちろん法律で認められていないわけだから、デメリットもあって」

相続権とかそういう話らしい。とかくこの国は女に優しくないと思う。

「なんか、そこはかとなくむかついてきましたよ。こういうのって、アリクイさんも思うところあったりします？」

なにしろ人の名前を彫る仕事だ。そう思って尋ねてみたのだけれど、アリクイさんは「ぼくは自分の都合が入っちゃうので……」と気乗りじゃない。

「うちの店長は、選択的夫婦別姓に賛成ですよ。ごくごく職人的な理由で」

通りすがりに宇佐ちゃんが暴いた。アリクイさんが恥ずかしそうに、カウンターの端を爪でこりこりと削る。

「その……苗字が失われていくのはもったいないことだと思うんです。そもそも苗字とは、平安時代に『藤原《ふじわら》』などの姓を持つ人物が要職者に増えすぎたので、区別のために自らが名乗るようにしたものです」

またアリクイさんのうんちくが始まった。さえぎろうかと思ったけれど、真夜先輩は興味があるらしく聞き入っている。

「『みょうじ』には『名《な》』と『苗《なえ》』の二種類の字が当てられています。もともとは名前のほうの字で『名字』だったのですが、江戸時代に『苗』の字も使われるようになりました。『苗』という字には、子孫が続いていくという意味があるんです。ただ読み方が常用ではないので、現代での使用頻度は低くなってしまいました」

ふーんと聞き流していると、真夜先輩が質問する。

「名字って、ほかにも言い方がありますよね。『住所氏名』の『氏』とか」

「『氏』は法律用語ですね。苗字と同じ意味です」

この話はちゃんと夫婦別姓論に着地するんだろうか。

「現在日本人の苗字は、約三十万種類存在すると言われています。これは世界でも上位の多さです」

「でも……どんどん減っていくわけですよね。結婚して姓が変わると」

確かにそうだ。出生率も低下していることを考えると、最終的にはみんなおんなじ名字になってしまうんじゃないだろうか。

「はい。全体の減少数はゆるやかですが、希少な姓は消えていっています。結婚して子孫は残っても、目に見える縁――苗字が消えていくのは悲しいことです」

アリクイさんがしゅんとしたように耳を伏せた。

が、すぐにその耳がむくりと立ち上がる。

「ぼくは思うんです！　おめでたい結婚で苗字をなくすのではなく、自分の好きな姓を名乗るようにすればいいと！　家族の一体感を求めたい人たちは、南米諸国のように互いの苗字をつなげて新しく作ればいいと思います！」

珍しくアリクイさんが興奮気味だ。そういえば出身はペルーだっけ。そういう文化に影響を受けているんだろうか。

でもまあ、アリクイさんのアイデアは普通に考えてだめだと思う。

「そんなに長い名字になったら、氏名を書くだけでめんどくさそう」

「そうなったら、みんなハンコを使ってくれるかなと思ったんです……」

アリクイさんが消えいりそうな小声で言った。

「まさにアリクイの陰謀」

カウンター席の端でかぴおくんがぼそりとつぶやく。誰も反応しない。

アリクイさんのネタは突拍子もないけれど、わたしはちょっと感動していた。

ハンコやスタンプって、文字を書く作業を簡略化する意味合いもあると思う。

アリクイさんはずっと印章彫刻という仕事を続けたいから、そのためにできることを日夜考えているのだろう。

この調子なら宇佐ちゃんがいなくなっても、なんとかなるかも……いやいや、世の中そんなに甘くない。

今後も有久井印房が生き残るためには、やっぱり抜本的な改革が必要だ。

「アリクイさん。やっぱりハンコの未来ってちょっと――」

「ハンコと言えば大家さん。この前うちにきたとき、ハンコを作るって言ってませんでしたっけ？」

いつの間にか忍び寄ってきた宇佐ちゃんに先手を打たれた。

「ハンコ？　……ああ、うん。そんなこと言ったね」

すっかり忘れていた。あのときは作るつもりのないハンコをネタに、アリクイさんにいろいろ聞こうとしていたんだっけ。お店を出たときになにか忘れているなと思ったのは、結局ハンコの打ちあわせをしなかったからだ。

「いまからお見積もりをしますか？」

「いえ、いいですよ。前にアリクイさんに彫ってもらったのがありますし」

わたしの姓は変わらないのだから、新しく作る必要はまったくない。

なのにアリクイさんは、きょとんとした目でわたしを見ている。

「あの……ぼくは旦那さまのハンコだと思っていたのですが……」

しまったという顔になったかもしれない。最初に打ちあわせをしたとき、わたしはアリクイさんが提案した改刻を、「名字は変わらないから」と断った。となれば旦那のハンコを作りにきたと考えるのが当然だ。

「も、もちろん旦那のですよ。前にアリクイさんに彫ってもらったハンコを旦那に見せたら、すごくうらやましがられたんです」

「へー、それはそれは。うちの経営状態を心配してくださる大家さんですから、さぞかし高級な印材でご注文いただけるんでしょうね」

宇佐ちゃんが口の端を上げてにたぁと笑った。こっちに突き出した両手の指の間に、見たこともない高級そうな印材サンプルがいっぱいはさまれている。

「あっ、もうこんな時間！　わたしこれから客先なんで！」

そそくさとカウンターに代金を置いて立ち上がる。

「真夜先輩お先です！　アリクイさん、ハンコの打ちあわせはまた今度で！」

わたしは取るものも取りあえず、有久井印房を逃げだした。

甲斐性《かいしょう》のない旦那との結婚前に、そんな予想外の出費はかんべん願いたい。

「これはほとぼりが冷めるまで、しばらくオムハヤシはおあずけかな……」

オムハヤシに恋い焦がれた一週間が終わり、また土曜日になった。

さてと一寸堂の前に向かうと、高津さんがやっぱり電柱に身をひそめている。

「お待ちしていました、一寸琴子さん」

「……わたし、前回名乗らなかったよね？」

「申し訳ありません。尋ねなかったこちらのミスです」

そうではなくて、なぜわかったのかを聞きたいのだけれど。

「それでは調査の報告をさせていただきます」

高津さんはお構いなしに、背負っていたクロワッサン型のリュックから紙の束を取りだした。なんだかありえないほどに分厚い。

「この一週間、当該エリアで起こったトラブルは一件だけでした。またも有久井印房の植木鉢損壊です。ほかの商店では類似した被害はありません」

「そうなんだ。続けて」

「はい。この有久井印房の植木鉢ですが、損壊時刻は日曜日の午前一時から六時にかけて発生したと思われます」

「えっ……なんでそこまでわかるの？」

「午前六時にわたしが張りこみをしようと思ったら、すでに割れた植木鉢があったからです。午前一時よりも前なら人通りもあるので、誰にも気づかれずに植木鉢を割るのは不可能でしょう」

「ちょっ、ちょっと待って。朝の六時？　あなた何時間張りこみしたの？」

「休日は十二時間。平日は平均して四〜五時間です」

思わず背筋がぞっとなった。完全に趣味の域を超えている。

「そ、そう。ご苦労さま。そこまで調査してくれたなら、経費を払わないとね」

「お金は必要ありません。わたしは真実を知りたいだけです」

「真実……おおかたどこかの酔っ払いが暴れたんでしょ」

「だとしたら、その音を誰かが聞いているはずです。何度か実験しましたが、植木鉢があのくらい粉々に割れたときは、確実にそれとわかる音がします」

「実験……」

「はい。人の寝静まった深夜なら、間違いなく近隣に響き渡るでしょう。宵っ張りの人なら気づいて噂になるはずです。しかしそういった話も聞きません」

「えっ、聞きこみもしたの？」

「いいえ。わたしは張りこみしかできません。噂話が好きな人を尾行して、井戸端会議に耳をそばだてました」

再びぞわりと寒気。まさかここまでの変人だとは思わなかった。

「誰も植木鉢が割れる瞬間を見ていませんし、割れた音も聞いていません。その原因はわかりました。それから犯人も」

「犯人って……嘘でしょ？」

高津さんがわたしをじっと見つめる。けれどすぐにそらした。真相を見抜いているのか、それとも単にコミュニケーションが苦手なのか。

「……ただ、動機が不明なんです。犯人がそれをするメリットが、わたしにはとんと見当がつきません」

「そ、そう。まあ犯人の動機なんて、なんでもいいしね。わたしは有久井印房の立地が、ほかの店舗よりも物騒ってわかればいいから」

とっさにごまかすしかなかった。高津さんはぼーっとしているように見えて、思っていたよりずっと鋭い。ボロを出す前にこの場を立ち去ろう。

「『ほかの店舗よりも物騒』……？」

もう出てた。

「い、いろいろありがとう高津さん。それもらうわね――いたっ」

結婚情報誌みたいな厚い調査書に手を伸ばすと、指にチクリと痛みが走った。

なにごとかと見ると、高津さんが小脇に抱えていた布袋《ぬのぶくろ》の中から、小さな動物が顔を出している。

「ハリネズミ……？　その子、高津さんのペットなの？」

「はい。フォカッチャはうちの看板ハリネズミです……あっ」

名前を呼ばれたと思ったのか、ハリネズミがぴょんと地面に飛び降りた。高津さんがつかまえようとしたけれど、小さな針山は飼い主の手をするりとすり抜ける。

「フォカッチャ待って！　フリーズ！」

高津さんがハリネズミを追いかける。フォカッチャは短い手足をちょこまかと動かし、一寸堂裏手の塀の中、つまりわたしの家に消えた。

「よかった。うちの庭に入ったみたい。どうぞ連れて帰って」

恐縮する高津さんを案内して家に入る。

一寸家はかなり古い日本家屋だ。広さはそれなりでも、一応蔵なんかはある。まあほとんど物置でしかないけれど。

敷石《しきいし》を踏んで庭を進むと、すぐにフォカッチャは見つかった。

なにやら木の枝に留まったハトを見上げている。アリクイさんのところの常連のハトだ。もしかして友だちなんだろうか。

「あ、フォカッチャ！」

高津さんがぽんと手を打った。

なんだか「わかった」みたいなイントネーションでペットの名前を呼ぶなあと思っていると、高津さんの視線の先に蔵があることに気づく。

蔵の前には捨てそびれている粗大ゴミの山があった。ぶら下がり健康器やかき氷機にまじって、植木鉢とそのかけらが山盛りになっている。

「こんな風に証拠を放置しておくということは、行為に罪悪感を抱いていないということだと思います。にもかかわらず、自分が犯人であることを隠そうとするのは、そこに個人的な理由がからんでいるから……」

「ななな、なんのこと」

高津さんがわたしの目を見た。けれどやっぱりすぐにそらす。

「……一寸琴子さん。あなたが有久井印房の植木鉢を割ったように見せかける嫌がらせをしかけたのは、いろいろ省略するとオムハヤシのためですね？」

わたしは油断していた。宇佐ちゃんみたいに頭のいい子でなければ大丈夫と慢心していた。ちょっと不思議ちゃんなこの子ならうまく扱えると。

「どうして……どうしてわたしが犯人だとわかったの？」

「張りこみをしました」

「いや張りこみそこまで万能じゃないから！」

けれど事実として、高津さんはわたしの動機とトリックを言い当てている。そういえば、今日も教えていないわたしの名前を知っていた。

「まさか……わたしを尾行したの？」

「そのつもりはなかったんですが、毎朝『オムハヤシ……』とつぶやきながら有久井印房の前を通っていたので気になって……」

朝の出勤時間は意識がもうろうとしている。そんな恥ずかしいことも言っていたかもしれない。禁オムハヤシ期間はつらすぎた。

もうこうなったら、観念して高津さんを懐柔する方向にシフトしよう。

「そう。全部わたしが自らの欲望のためにやったこと。でも聞いて。悪気はなかったの。わたしはただ、有久井印房の存続を願って……」

「わかります。なんて優しい大家さんだろうと、わたしも胸を打たれました」

「だったら、このことは黙っておいてほしいんだけど。無理かな？」

「安心してください一寸琴子さん。この件については一切他言いたしません。わたしには守秘義務があります」

「いやないと思うけど」

「チョットさんが、うちの店でよくパンを買ってくださいますから」

それまでの仏頂面がうそのように、高津さんが輝くような笑顔を見せた。

「あの、一寸琴子さん。代わりにひとつお願いがあるのですが」

なんでも庭でたわむれるハリネズミとハトを撮影したいらしい。

了承すると高津さんはカカカカッと、平和な光景を連写して帰った。

3

明けて月曜日。わたしは仕事帰りに有久井印房へ向かった。

「またきましたね、大家さん」

ノブに手を伸ばすより先にドアが開き、中から宇佐ちゃんが顔をだす。

「ねえ宇佐ちゃん。このお店には、大家が近づくとわかるセンサーでもあるの？」

「あらまあ。ご存じでしたか」

この子が言うと冗談に聞こえない。

「それより宇佐ちゃん、例のあれ言ってよ」

またですかと呆れつつも、宇佐ちゃんはプロフェッショナルだった。

「いらっしゃいませ。本日はお食事ですか？　ご印鑑ですか？」

「印鑑で！」

「オムハヤシですね。それではカウンターのお席にどうぞ」

また注文するする詐欺だと思っているのだろう。宇佐ちゃんの視線は冷たい。

「こんばんは、大家さん。オムハヤシですか？」

「どうも、アリクイさん。オムハヤシとハンコの見積もりをお願いします」

「かしこまりました」

アリクイさんはいつもこう。なにも聞かずにただうなずいてくれる。寡黙というわけではないけれど、昔から声を出しても、音を立てても、いつも物静か。

「思いだすなー。昔このお店がひまだった頃、アリクイさんよくカウンターでハンコ彫ってましたね」

まだ学生だった頃。わたしはこんな風にオムハヤシを注文して、コーヒーを飲みながら勉強をしていた。

あの頃はいまみたいに人の声もなかった。うっすらと鳴る有線放送。わたしが教科書のページをめくる音。アリクイさんが爪でハンコを彫るときの、かすかなカリカリという響き。それだけが静かな店内に聞こえていた。

宇佐ちゃんがお店にきた頃から、この空間はどんどん賑《にぎ》わっていった。

お客さんのおしゃべり。かぴおくんがマウスをクリックするカチッという音。ときどきハトが鳴らすタイプライターの改行ベル。

それでも静かで落ち着いた店には変わりないけれど、ときどきあの静謐《せいひつ》な時間と空間がなつかしくなる。

勉強に疲れてコーヒーを飲む。視界の端で白い影が動く。はっきりと見つめていなくても、そこでアリクイさんが仕事をしていることがわかる。

あの時間はわたしの人生の中で一番静かだった。できるならあの瞬間を空気ごと箱の中にしまって、お風呂みたいにときどきそっと浸りたいと思う。

「おかげさまで、いまは忙しくさせてもらってます」

だからもう、アリクイさんが店の中でハンコを彫ることはあまりない。いまはお店を閉めてから、店の裏にある工房兼住居でこつこつと彫っている。

本来のアリクイさんは眠るのが好きだった。でもいまは睡眠時間を削ってお店を営業している。健康を害するほどではないらしいけれど、それでも昼寝が趣味のアリクイさんからすれば足りていないだろう。

だからといって、店を忙しくしている宇佐ちゃんを責めることはできない。宇佐ちゃんがいなければ、有久井印房はとっくにつぶれていた。アリクイさんは眠ることよりも好きな、印章彫刻ができなくなっていた。

宇佐ちゃんは店の利益と忙しさを、絶妙なバランスで保持している。アリクイさんにハンコの仕事を続けてもらいたいから。

でもそれも限界がきている。ハンコの需要は減る一方だ。

お店を維持するためには、喫茶の仕事を増やして収入を得るしかない。

けれどアリクイさんも、宇佐ちゃんも、そんなことは望んでいない。

前に店を訪れた際に、それがよくわかった。

となればそれを解決する方法はひとつしかない。

お金だ。

仮に今日から全メニューの価格を倍にしますと言っても、常連客からの反発は少ないだろう。「※モカロール売り切れました」のメッセージを汲《く》み取《と》るお客さんばかりだから、みな快く代金を支払うはずだ。

けれどアリクイさんはそんなことをしない。みんなの金銭的な援助がないと続けられないなら、素直に店をたたむと思う。

なぜならアリクイさんは、きちんと「仕事」をしたいから。お客さんとの縁は大事にするけれど、それにすがってぶら下がりたいわけじゃない。

だから有久井印房に金銭援助をしたいなら、相応の理由が必要になる。

「お待たせしました。オムハヤシです」

カウンターに置かれた皿の上で、半熟タマゴがほろりと揺れた。

「いただきます」

スプーンを手に取り最初のひとさじを口へ運ぶ。

舌の上に、熟成されたハヤシソースのうまみが広がった。

牛肉、たまねぎ、赤ワインの風味が、ただただおいしい。

ライスはシンプルな白ごはんで、ふんわりタマゴ自体にも味はついていない。

それはハヤシソースのおいしさを、とことん味わってもらいたいから。

「ごちそうさま」

今日も三分で食べ終わった。言っておくけれど、わたしは別に早食いじゃない。ただこのオムハヤシがおいしすぎるだけ。

「そういえば大家さん。植木鉢の件はどうなりましたか？」

お皿を下げながらアリクイさんが言った。

「なんとなくですけど、もう割れないような気がしますね」

「原因は判明したんですか？」

アリクイさんのためだったんです、なんて言うことはできない。

「風か、酔っ払いか、ハリネズミか。まあなんでもいいじゃないですか」

端的に言えば、あれは有久井印房に間接的な金銭援助をするためだった。

有久井印房を支援するために、大家にできるのは家賃を下げることくらい。しかし相応な理由がなければ、アリクイさんも宇佐ちゃんも納得してくれない。ほかのテナントさんたちからも不満が出る。

そこでわたしは考えた。有久井印房がうちの土地で一番治安が悪い場所だと証明すれば、誰はばかることなく家賃を下げることができると。

出費が大幅に減れば、ハンコの仕事が減ろうがブレーンがいなくなろうが、そう簡単に店はつぶれなくなる。一寸堂と同じ道楽状態になる。

だからわたしは植木鉢が割られているように見せかけ、治安の悪さを演出した。

しかしそれも、通りすがりに近い高津さんに見破られてしまった。となれば宇佐ちゃんにだっていつかばれるだろう。

浅はかなのは百も承知。

でも望口から去っていくわたしは、大好きなこの店をいつまでも残したかった。

オムハヤシとアリクイさんと、あの静かなる日々の思い出を。

でもまあ、わたしが残すべきはお金なんかじゃない。

ここ数週間の出来事で、わたしはちょっと悔いあらためていた。

「それよりアリクイさん。旦那のハンコを見積もってくださいよ」

あのいいかげんな性格の旦那も、真夜先輩も、高津さんも。みんな自分の仕事に情熱を注いでいる。それが一番の生きる喜びだからだろう。

だったらわたしは、アリクイさんに仕事を頼むべきだ。

「旦那さまは、役者さんでらっしゃるんですよね」

「ですね。あ、じゃあ画数とか気にしたほうがいい？　なんか幸運を呼ぶハンコみたいな……そっか。アリクイさん、スピリチュアル否定派だっけ」

ちなみにわたしは占い大好き派。そして意外なことに真夜先輩も占いにはけっこうハマっている。横浜にいい占い師がいるらしい。

「いえ、否定はしていません。ぼくが不勉強なだけですので。ただ役者さんというお仕事ですと、ちょっと個性的な印章に仕上げたいとは思います」

「いいですねそれ。お金に糸目はつけない……までは言いませんけど、予算はちょっとがんばってもオッケーですよ」

わたしは有久井印房のオープン初日から、ずっとアリクイさんを見てきた。

アリクイさんはいつでもハンコを彫っていた。

それがアリクイさんにとって一番の喜びなのは間違いない。

だったらアリクイさんに一番いい仕事をしてもらおう。

自分のハンコは彫り直さない代わりに、わたしは頭の中を改刻することにした。

「その代わり、アリクイさんが彫ってみたいものを選んでくださいね。材料や、書体や、文字の配置から全部」

それがわたしにできる、有久井印房へのはなむけだろう。

いやまあ二度と会えないわけじゃなくて、月イチくらいでこっちに帰ってくるつもりだけれど。だってオムハヤシ食べたいし。

「わかりました。ちょっと考えさせてください……むう」

アリクイさんは悩ましげになっている。その顔が楽しんでいるのかわからないけれど、一生懸命であるようには見えた。

「今回は彫る彫る詐欺じゃなくって、ちゃんと店長に仕事させてくれるんですね」

宇佐ちゃんがすまし顔で言った。

「まあね。あ、仕事といえば宇佐ちゃん。就職はどうするの？」

「それ最近よく聞かれるんですけど、なんでなんですか」

「宇佐ちゃんが優秀だからじゃない？　ぜひ自分の会社にって人もいるだろうし、そうじゃなくても、宇佐ちゃんが将来なんになるのかはみんな興味あるよ」

「なるほど。才女の宿命ですね」

謙遜しないところが腹立たしいけれど、この性格もいまや有久井印房の一部だ。

「それで、希望の職種とかあるの？」

「わたしの名前、宇佐じゃないですか。名字の場合は地名由来らしいんですけど、両親は単に響きでつけたみたいなんですよね。かわいいからって」

「うん。かわいいよね。うさぴょん」

頭上で手をぴこぴこする。無視された。

「でも店長は、漢字の意味からこんな願いがこめられているんじゃないかって、教えてくれたんです」

漢字の「宇」には屋根の意味があり、「佐」は「補佐」などという言葉に使われているように、助けるという行為を表している。だから宇佐は「家守《やもり》」のような意味じゃないかと、アリクイさんが教えてくれたらしい。

「でもわたしの家を守ってくれる人は、すでにいるんですよね」

「七瀬《ななせ》ちゃんでしょ？」

宇佐ちゃんのお姉さんだ。昔は悪い噂が絶えないギャル子だったけれど、いまは更生して立派な経営者らしい。

「そうです。まあ大家さんだから言っちゃいますけど、わたしは有久井印房を守ろうとしたんですよ。この店を大好きなお姉ちゃんや、店長や、花枝《はなえ》さんや、縁のある人たちが笑っていられるようにって」

個人的に話したことはないけれど、花枝さんも知っている。初期の有久井印房にいたお客さんで、いつもにこにこ顔でミルクセーキを飲んでいたおばあさんだ。

「宇佐ちゃんがそう思ってるってことは、みんな知ってるよ。でもそれを使命みたいに気負う必要はないんじゃない？」

言いながらカウンターの向こうをうかがう。アリクイさんは夢中で作業をしているようで、こちらの話は耳に入ってなさそうだ。

「まあそうなんですけどね。ただ特別ほかにやりたいこともなくって」

「じゃあ卒業してからもここで働くの？」

「世界はそんなに甘くないですよ」

金の切れ目が縁の切れ目――前に宇佐ちゃんが放った言葉が脳裏をよぎった。

アルバイトと正社員では雇用コストが変わってくる。縁や恩も大事だけれど、それだけで人は生きていけない。世知辛いとはまさにこのこと。

「それって、なんだかすごく悲しいね」

「それは見方によりますね……ん？　どうしたの？」

宇佐ちゃんのそばに、小さな男の子がとことこやってきた。

「おねえさん。かぴおくん、いないんですか？」

おやと見てみると、いつもカウンター席の端にいるカピバラがいない。

「ごめんね。かぴおくんは、しばらくお休みなんだ」

宇佐ちゃんが優しく頭をなでてあげると、男の子は露骨にがっかりして母親のいるテーブル席へ戻っていった。

「かぴおくんどうしたの？　病気？」

「いま実家に帰省中です。親御さんにご不幸があったそうで」

「親御さん……かぴおくんって確か、外国の御曹司《おんぞうし》だったよね？」

ただの金持ちの息子ではなく、世界に名だたるあのカピバラグループのご子息だったはず。この国にも「カピバラ」の名を冠した企業は多い。

「そうですよ。このお店ももう十年。みんな、身の振り方を考え直す時期です」

御曹司のかぴおくんがなぜここで働いているかというと、親御さんとの対立があったかららしい。家を飛びだし流れに流れ、世界中をさすらった後にかぴおくんは有久井印房のスタッフになった。

そこにはチョットさんの口添えがあったという噂があるけれど、本人に尋ねても優雅に微笑まれるだけ。真相はわたしにもわからない。

さておき、対立していた親御さんが亡くなったのなら、かぴおくんはこんな極東の島国で働く必要もないんじゃないだろうか。

「お待たせしました。とりあえず印稿を書いてみたんですが……」

アリクイさんが見せてくれた印鑑の案を眺めながら、わたしはぼんやりと有久井印房の未来を考える。

宇佐ちゃんやかぴおくんは、もうすぐこの店から卒業するかもしれない。

陰の支配者と縁の下の力持ちがいなくなった有久井印房を、アリクイさんだけで切り盛りすることができるだろうか？

無理。絶望的に無理。

またお店がひまになって、アリクイさんは床ですやすや眠るに決まってる。

「アリクイさんって、パートナーとかいないんですか？」

せめてサポートしてくれる存在でもいればと聞いてみると、にわかに店内がざわつき始めた。「さすが大家」、「俺らが聞けないことを平気で聞いた」と、お客さんたちの会話が聞こえてくる。

「大家さん、その辺にしといてください。店長いまナイーブになってるので」

宇佐ちゃんに小声で聞かされたところによると、アリクイさんが懇意にしていたコーヒー豆の業者さんが亡くなったらしい。ここがまだ「アンティータ」という名前の喫茶店だった頃に雇われ店長をしていた人で、わたしも顔を覚えている。

そんな盟友とも言える人の死をきっかけに、アリクイさんは一時期ものすごく落ちこんでいたそうだ。

けれど新しくパン屋さんと取り引きするようになり、コーヒー豆の焙煎《ばいせん》を業者の息子さんが継いでくれたおかげで、少しずつ持ち直してきたところだという。

「そういうご縁がなかったら、ハンコの不人気とか、フードパーク騒ぎを受けて、店長は『もう潮時かも』って、店の経営をあきらめていたかもしれません」

「そうだったんだ……ぜんぜん知らなかった」

「だから大丈夫ですよ。大家さんが無理やり家賃を下げてくれなくても、有久井印房はなんとなく不滅なんです」

そうかもしれない。いまだって宇佐ちゃんやかぴおくんの力が及ばない部分を、縁のある人たちが支えてくれている。

「そうだね……って、なんで家賃のこと知ってるの！」

「麦ちゃんは張りこみのプロですが、わたしは情報収集のエキスパートなので」

宇佐ちゃんがにやりと笑った。やっぱりこの子には勝てない。

「大家があれこれ心配してたことは、全部杞憂《きゆう》だったってことね……」

「もしここにかぴおくんがいたら、きっとこう言うでしょう。『カレーにスパイスを投入するタイミングは、油の温度が七十度のときさ』と」

「うわ、それっぽい。その心は？」

「大家さんが心配される気持ちは、みんなも持っているんです。だから気にせず東京で新婚生活を楽しんでください。大家さんというスパイスの香りが一番引き立つタイミングは、きっとまだ先ですから」

勝てないというより、かなわないと思った。宇佐ちゃんはこの店の家守であっただけでなく、自分が去ったあとの家守もたくさん育てていたのだ。

「次に帰ってくるときも、大家さんはちゃんとオムハヤシを食べられますよ」

目尻にじわっと涙がにじんだ。うれし泣きなんて何年ぶりだろう。

「わかった。それじゃ行ってくるね」

晴れ晴れしい気持ちで店を出ると、背後からアリクイさんの声が聞こえた。

「あの、大家さん、ハンコ……」

「あ」

わたしは謝りながら店に戻り、いじけるアリクイさんと打ちあわせをした。

4

うちのお父さんは新聞を二紙取っていた。

理由は商売上の「おつきあい」というやつ。昔はすごく無駄なことをしていると思ったけれど、そうした「おつきあい」のありがたさは大人になってわかる。

新聞のエンタメ欄に、旦那のインタビューが掲載された。

旦那は裏表がないタイプなので、飾らないトークが女性に受けたらしい。それがきっかけで特撮番組への出演が決まり、いまは地方で長期撮影をしている。

こういうラッキーな話があると、最近は「持っている」という表現をする。旦那にとってはそうかもしれないけれど、わたしにすれば「おつきあい」の一環だ。

旦那の記事を書いた記者は、しがない美容師でしかないお父さんを知っていた。上司が昔お世話になったらしい。本当にお父さんはわたしに甘い。

そんなわけで世話をする旦那が不在になり、わたしは実家へ戻ってきた。

季節はタイミングがいいことに桜の春。この時期は見晴《みはらし》用水で灯籠流しが行われている。以前はよくアリクイさんたちと見物してたっけ。

今年はどんな予定だろうかと、わたしは有久井印房のドアを開けた。

「いらっしゃいませ大家さん。お久しぶりですね」

宇佐ちゃんが出迎えてくれたことに、わたしは胸をなでおろす。

「今回ちょっと間が開いたからね。よかった。お店は変わってないね」

カウンターの向こうにはアリクイさんの姿があるし、席の隅っこでは相変わらずかぴおくんが気配を消している。

「変わるのは、これからですよ」

宇佐ちゃんはなぜかなつかしそうに目を細めた。いつもよりも少しお客さんが多い店の中を、ゆっくりと見渡している。

「今日はちょっとだけ忙しいんです。消しゴムハンコ教室と、ちっちゃな送別会がありますから」

常連客だったあのハトが実家に帰るらしい。かぴおくんと同じく家のごたごたがあるとかで、本国のイギリスに帰国してしまうそうだ。

「家のごたごたと言えば、かぴおくんは？」

「まだ内緒ですけれど、卒業することになりました」

その可能性は考えていたけれど、実際そうなるとショックは大きい。

「そっか……ちなみに宇佐ちゃんは？」

「わたしもしばらくお休みですね。就職活動がありますので」

なんとも言えない気持ちだ。でもわたしがやるべきことは決まっている。

「宇佐ちゃん、かぴおくん、がんばってね。ずっと応援してるよ」

精一杯の笑顔を向けると、素直な「ありがとうございます」が返ってきた。その反応が余計に切なくて、心がきゅうと鳴く。

「そんな顔しないでください大家さん。減るばっかりじゃありませんから。あ、ちょっとすいません」

宇佐ちゃんがカウンター席へ戻っていく。いつもよりもアリクイさんの前に人が多い。わたしはかぴおくんの指定席から一番遠い端に座った。

「たまには甘いのもいい。景気はどうだ？」

そんな声が聞こえてくる。このレモンスカッシュを飲んでいるおじいさんは、有久井大《まさる》さん。昔は駅前でハンコ専門の初代有久井印房を営業していた、アリクイさんの師匠にあたる人。人間と動物という違いはあるけれど、有久井さんとアリクイさんはほぼほぼ親子。甘いうんぬんはたぶん禁酒の話だと思う。

「アニメやゲームのキャラクター名を、ハンコにする流行があるみたいです。一時的なものかもしれませんけど、うちにもぽつぽついらっしゃいます」

どうやら商売のことを話しているらしい。アリクイさんを気にかけている人は本当にたくさんいる。

師弟であり親子でもあるふたりは、熱心にハンコの話を続けていた。

わたしはオムハヤシを注文するタイミングをうかがいながら、以前に彫ってもらった旦那のハンコを思い返す。

あの日の打ちあわせで、アリクイさんは渋い木製の印材を勧めてくれた。役者らしいものをと言っていたわりに、ずいぶん地味なチョイスだ。

『これはヒノキアスナロです。ヒノキのようなアスナロです』

アスナロという木はヒノキに似ている。それは「明日はヒノキになろう」と考えているから。そんなセリフが出てくる小説があったそう。

『大家さんの旦那さまは、立派にアスナロの夢をかなえました。しかしヒノキになったとおごってしまうよりは、もっと上を目指してほしいと考えるのが妻となる人の願いだと思います』

いま思えばその通りだ。仕事がうまくいっていることはほめてあげたいけれど、ハングリー精神を忘れてほしくない。だからアリクイさんは、誇りと希望の両方が詰まっているヒノキアスナロを勧めてくれたらしい。

『それと個性的なものをと考えて、印材は通常の円筒形ですが、印影が四角形になるようにしてみました。印鑑登録は丸でも三角でも四角でも可能です』

丸いハンコなのに押してみると四角くなるのはちょっと不思議だ。それでいて実用性はきちんとある。個性派俳優の旦那に似合うだろう。

自分の彫りたいものをと頼んだのに、結局はお客さんのことを考えてしまう。アリクイさんは実にお人好し、と言いたいところだけどたぶん違う。

印を鑑《かんが》みると書いて印鑑と読む。だからハンコは鏡に映った自分。

そんな話は耳にタコができるくらい、アリクイさんから聞かされている。

つまりアリクイさんが彫りたいのは、いつだって人間そのものということ。

「ところで師匠。もうひとつの用事はなんですか？」

アリクイさんたちは新しい話題を始めている。わたしはいつになったらオムハヤシを注文できるだろう。

「まなぶ。嫁さんはまだ見つからんのか？」

お師匠さんの問いかけに、店内の全員がざわっとなった。以前にわたしが尋ねたときよりもかなりストレートだ。

「それは……」

アリクイさんは口ごもっていた。

周囲は固唾をのんで見守っている。

やがて意を決したのか、アリクイさんが目を見開いた。

「そのことなんですが、近々師匠に紹介したい人がいます」

お師匠さんを筆頭に、店にいた全員が口をそろえた。

「人っ⁉」

思わず驚いてしまったのは、わたしたちがアリクイさんを動物だと思っていたからだろう。だから相手も当然アリクイだと思いこんでいた。

でも相手が人だと聞くと、それはそれでアリクイさんらしい気もする。アリクイさんは完全に動物とも言い切れないから。

「だっ、誰ですかっ！」

全員の気持ちを代表するように、若い女の子が叫んだ。

昔のわたしみたいに、よく有久井印房で勉強をしている子だ。

わたしと違って、彼女はいつもクリームソーダを飲んでいる。

「誰というか、みなさんもよくご存じ……あ、ちょうどきました」

カランと店のドアベルが鳴り、ひとりの客が入ってくる。黒髪をゆるくまとめて眼鏡をかけた女性が、背筋を伸ばしてわたしの隣に座った。

「すみませんムロさん。予定よりも前ですけど、なぜかみんな興奮しているのでご挨拶をもらえませんか」

アリクイさんが頭を下げると、女性が「かしこまりました」と立ち上がった。

「みなさん初めまして、青葉《あおば》ムロと申します。いままでは飲食店の経営コンサルタント、及び一般客として通っていましたが、このたびアリクイさんのパートナーとなることになりました。よろしくお願いします」

その顔はときどき見かけていた。美人だけれど表情がない、と言うとパン屋探偵の高津さんに似ているけれど、ムロさんの場合は全身から感情が排除されているような印象があった。

ところがいまのムロさんは、うっすら微笑みを浮かべている。この人もアリクイさんに改刻してもらったのかもしれない。

「びっくりしたね。一寸ちゃんは知ってたの？」

振り返ると真夜先輩がいた。旦那さんと一緒にテーブル席にいたらしい。

「知りませんよ！　アリクイさんが結婚するなんて思ってもみませんでした」

隣にムロさんがいるので小声で返す。

するとだれあろう、当のムロさんが振り返ってわたしたちを見た。

「アリクイさん、ご結婚されるんですか」

「え？　いや、え？　いまアリクイさんのお嫁さん的な感じで、ムロさんが紹介されましたけど……あ、すいません初対面なのに」

「私はただの共同経営者です。名前で呼んでいただくのはとてもうれしいです」

ムロさんは微笑んでいた。作った笑顔ではなく、目元がとてもやわらかい。

「パートナーって……ややこしいことするな！」

お師匠さんがアリクイさんをどやしつけている。

どうもそれまでの流れから、アリクイさんはお師匠さんが言う『嫁さん』を、経営上のパートナーと解釈したらしい。かつてわたしが尋ねたときも、同じように解釈していたんだろうか。

「……じゃあアリクイさんは、結婚するわけじゃないんだ」

なんだかほっとしたような、少し残念なような、複雑な気持ちだ。

なぜそう感じたのかというと、なんとなくアリクイさんとムロさんはお似合いの気がしたから。

そんな風に思ったわたしと同じように、店内の反応も実にさまざま。

金髪やら赤髪やらの大学生風が座っているテーブルは、みな一様に安堵《あんど》した表情をしていた。先を越されなくてよかった。そんな雰囲気が漂っている。

その隣のテーブルにいるクリームソーダのお嬢さんは、小さくガッツポーズをしていた。まだアリクイさんに抱きつけると思っているのかもしれない。

消しゴムハンコ教室にきていた子連れのママたちは、ムロさんがただの共同経営者と知って残念そうだった。既婚者だからかわたしと考えが近いのだろう。

ゴスロリ服を着た女性を含む三人組は、声をひそめてひそひそ話していた。「アリクイさんってありなの？」、「ありでしょ」、「ありなの!?」なんて会話が漏れ聞こえてくる。あの中にひとり、結婚を焦っている人がいそうだ。

ムロさんのそばにいる男女三人は姉弟らしい。興奮しすぎて呼吸困難に陥りそうな女の子を、おそらくは姉と弟が落ち着かせている。

総じて店内はいつもよりもにぎやかだった。やっぱりみんなアリクイさんのことを好きなのだなあと、あらためて思う。

「ああ忙しい忙しい」

いいところで宇佐ちゃんが通りかかったので呼び止めた。

「『減るばっかりじゃない』って、ムロさんのことだったんだね」

「ですよ。ムロさんにはみんなが影響を受けてます。わたしも、かぴおくんも」

横目で様子をうかがうと、ムロさんはいつの間にかカウンターの中でコーヒーを入れている。今日はフルメンバーでも店が回らないと判断したらしい。

「影響って？」

「いろいろです。ともかくムロさんがいれば、なんやかんやでこのお店も安泰ってことですよ。ちょっと忙しいんですいません」

宇佐ちゃんが適当を言って去ろうとするので、慌ててしっぽをつかんだ。

「もいっこ。もいっこ聞きたいんだけど。ムロさんとアリクイさんって、やっぱり結婚とかないの？」

「わたしに聞かれても」

「でも宇佐ちゃん以外、誰に聞けばいいの」

「ムロさんは、去年旦那さんを亡くしています」

やってしまった。

「……ごめんなさい。わたし知らなくて」

「わかってますよ。その旦那さんは、亡くなられる前にこう言ったそうです。『ムロさんが、そのアリクイさんって人と再婚できますように』って」

「人……？」

「面白いですよね。あ、ちょっとすいません」

宇佐ちゃんが店の真ん中にある柱に歩いていく。

カモノハシの絵の前で、かぴおくんとハトがケンカしていた。宇佐ちゃんに止めるつもりはないらしく、因縁の対決を見納めしたいらしい。

これから有久井印房は、少しずつ変わっていくのだろう。

けれどアリクイさんがハンコを彫るという、店の本質は変わらないはずだ。

そういう意味では、有久井印房はオープン当初からなにも変わってない。

ときどき、ちょっと改刻するだけだ。

「それじゃ、またきますね」

なにも注文していないけれど、わたしはごちそうさまを言って店を出た。

今日も明日も十年後も、きっとオムハヤシの味は変わらないはずだから。

特別編 ARIKUI no INBOU

カピバラの
こうぼう

1

わたしがロウソクを吹き消すと、部屋の中にいた子どもたちが声をそろえた。

「誕生日おめでとう、エリー」

ありがとうと答えたけれど、わたしは笑わない。笑わないままケーキとクランペットを食べ、笑わないままビデオゲームで遊んで、笑わないまま自分の誕生日パーティーをすごした。

だってわたしは、祝ってほしくなんてなかったから。

「みんな、今日はエリーのためにきてくれてありがとう。また明日学校で」

パパが玄関で同級生たちを見送っている。キャンディの包みを渡していた。

見ていられなくなって、わたしはリビングを振り返る。

家族みんなが笑っている写真立て。ロッキングチェアーのブランケット。手紙が詰まった紅茶の缶。解きかけだったクロスワードパズル――。

部屋の中にはママの面影がたくさんある。向こうからこっちに持ってきて、まだ整理ができていない遺品たち。

そこにママがいた気配を感じると、わたしはいつも息苦しくなる。

新鮮な空気を求めてバルコニーの窓を開けた。そのまま庭へ出る。

ランチェスターの街はせせこましい。隣家との間には、トランポリンも置けない小さな庭しかなかった。おかげでキッチンの窓を開けたまま、シェパーズ・パイを作るミセス・フージの顔色までわかる。

うつむきながら不機嫌そうにジャガイモをすりつぶしている、いかにも人間嫌いといった顔つきの老婆。

そんなミセス・フージを眺めていると、ふいに顔を上げた彼女と目があった。

あっと思って会釈をしたけれど、ミセス・フージはぴしゃりと窓を閉める。

「パーティー、楽しかったか？」

パパがジュースのグラスを持ってやってきた。作り笑顔の目元には、はっきりとクマが浮かんでいる。

「パパ、明日、会社？」

わたしの質問はぶっきらぼうに句切れた。どうしようもなくいらいらする。

「ああ。しばらくは休めないんだ。長いこと会社に迷惑かけたからな」

それは知っているけれど、それでも「不謹慎」と感じずにはいられなかった。

ママが死んでから三ヶ月もたっていないのに、パパは仕事ばかりしている。

「だからエリーにもあまりかまってやれないけど——」

「もう十一歳よ。シッターだっていらないわ」

本当に言いたいことは別にある。だからパパの言葉をさえぎった。

「頼もしいな。エリーはお母さんに似たのかもしれない」

庭の芝生をじっと見つめる。「母」という言葉を聞くと、いまでもあのときを思いだして息が苦しい。

いまのわたしは、後悔の沼に溺《おぼ》れかけている。

「なんだ、あれ」

パパの言葉ではっと我に返った。

肺に空気が入ってくると同時に、目に不思議な光景が飛びこんでくる。

ミセス・フージ宅の玄関ポーチの前を、小さな生き物が二本の足でひょこひょこ歩いていた。その背はわたしよりもずっと小さい。

けれどその体には、毛深いパパよりもずっとたくさんの毛が生えている。

「カピバラ……？　いやまさか、そんな……ハハ」

わたしにもそう見えたけれど、パパは笑って頭を振った。

「パパは疲れてるみたいだ。ちょっと横になるよ」

まだ夕方にもなっていなかったけれど、パパはリビングのソファで横になった。

わたしは庭に立ったまま、カピバラが去った通りを見つめる。

これがルイス・キャロルの物語だったら、わたしは二本足で歩くカピバラを追いかけただろう。その後は不思議の国をたくさん冒険して、最後にパパの隣で目覚めるはずだ。「あれは夢だったのね」、なんて言って。

でもわたしは罪深い十一歳だから、アリスみたいな主人公にはなれない。だからさっきのカピバラも、きっと劇の練習から帰ってきた子どもかなにかだ。

ママを見捨てたわたしの前に、二本足で歩くカピバラなんて現れるわけがない。


「あなたって本当に英語が話せないのね、ベイビーちゃん」

新しくきたシッターのベスは、わたしのことをたぶんそう呼んでいる。自分も同じエリザベスという名だから、エリーとは呼びたくないんだろう。

わたしの髪はママ譲りのブロンドで、瞳の色も青い。

けれどわたしの生まれはブラジルだ。おばあちゃんはアジアの血。

パパは世界中に勤務地があるような仕事で、ずっと単身赴任だった。

ママが死んでしまったから、ここイギリスで一緒に暮らすようになっただけ。

だからわたしは見た目と違って、英語なんてまったく話せない。

当然友だちもいないのに、誕生日にはパパが無理やり同級生を呼んできた。

そうすることが、わたしを余計にいらだたせるとも思わずに。

「愛想笑いもできないの？　本当にかわいげがない子ね。あたし忙しいから、勉強はひとりでやってくれる？」

たぶんベスはそんなことを言ったのだろう。鏡に向かってメイクをしながら、わたしを追い払うようにしっしと手を振った。

言葉がわからないのに勉強ができるわけがない。まあ英語を学ぶつもりなんてこれっぽっちもないからいいけれど。

わたしは自室に戻ってベッドで横になった。

ベスはシッターとしては無能だけれど、個人的には嫌いじゃない。毎日学校までオンボロ車で迎えにきてくれたあとは、わたしをずっと放っておいてくれる。

だから厄介なのは、ハウスキーパーのドロシーだ。

週に二回やってきて家事と料理をしてくれるドロシーは、頼まれてもいないのにわたしの相手をしようとする。いい人なのだろうけれど、まだそっとしておいてほしいわたしには、はた迷惑な存在だ。

そこでふと思い立った。ドロシーがくる前に家事を済ませてしまおうと。そうすればあのおばあさんはやることがなくなって、家に帰るしかなくなるはずだ。

よしと、わたしはベッドから跳ね起きた。全部は無理としても、とりあえず洗濯くらいはやってやれないことはない。

洗濯物をかき集めて地下室へ行き、洗剤の箱を逆さまにして振る。

洗濯機のボタンを押すと、ドラムがごぉんごぉんと回転した。

洗濯なんて簡単だ。この調子でどんどんドロシーの仕事を奪っていこう。

そのとき、わたしは自分がほくそ笑んでいることに気づいた。

ばつの悪さを感じて下を向く。

わたしはまだ、こんな風に楽しんではいけない。

それから小一時間ほどの間、わたしは明かりを点《つ》けても薄暗い地下室で、翻訳もののルイス・キャロルを読んだ。いまはまだ、おとなしくすごさねばならない。

洗濯が終わった。わたしは悲しげに見えるよう、うつむきながら湿った衣類をカゴに放りこむ。存外に重くなったそれをどうにか庭へ運ぶと、手に取った端からロープにピンチで吊《つる》していった。このくらいなんてことない。

そう思ったけれど、気がつくと肩で息をしていた。

それでも口を大きくは開けない。鼻呼吸だけで耐える。

そんな風に意地を張っていると、視界の端でゆっくり動く影があった。

まさかカピバラかと顔を上げると、ミセス・フージ宅の玄関ポーチの前に見知らぬ老人がいた。手押し車にがらくたを満載したおじいさんは、ふうふうと苦しげに息を吐きながらゆっくり進んでいる。

通りを歩く人々は、身汚い老人を一瞥《いちべつ》して顔をしかめていた。

わたしは洗濯干しに戻る。なにも考えない。

すべてを干し終えて顔を上げると、おじいさんはまだ手押し車と一緒に玄関ポーチの前にいた。明らかにへばっている。

人間は薄情だ。誰も苦しそうなおじいさんを手伝わない。

でもそう感じること自体が間違いだと、わたしは知っている。

他人は他人を察しない。

自分がママを亡くしたばかりの子どもだということを、向かいのミセス・フージもシッターのベスも気づかわない。

ドロシーは気づかってくれているのかもしれないけれど、わたしへの対応のしかたを間違っている。

けれど、一番間違っているのはパパだ。

ときどき悲しい顔こそするけれど、パパは笑顔を作り、故郷にあったママとわたしの家を売り払って、こんな外国で一生懸命働いている。

それを娘がどう思っているかなんて、パパは絶対に察しない。

わたしはおじいさんから目をそらすと、音を立てないようにそっと家に入った。


「帰り道のこの坂が、地味にきついんだよな」

パパが足を止めて前方の坂を見上げた。毛むくじゃらの両手は、ディスカウントショップで買った食料品の詰まった袋を抱えている。

こんな風にふたりで街へ買い物に出かけたのは、こっちにきてから初めてだ。

「そうなんだ」

わたしも坂道を見上げたけれど、目は行き交う人々を追っていた。なんとなく茶色い生き物がいないかと探してしまう。いるわけがないのに。

「うん。休日まで上るとなると、さすがにしんどいよ」

今日は土曜日。

パパは坂の下のバス停まで、平日は毎日徒歩で往復しているらしい。

下りはゆるやかだと感じたけれど、こうして見上げると坂は思いのほか迫力があった。手押し車のおじいさんがへとへとになるのも無理はない。

「いつまでかはわからないけど、しばらくはこの坂を上るんだ。毎日」

歩きだしたパパの額から汗が落ちた。アスファルトに黒い染みができる。

わたしはなんとなくその染みをよけて、ゆっくり坂を上り始めた。

五歩、六歩と上っていくと、なるほどこれは『地味にきつい』と感じた。

傾斜の具合はさほどでもないけれど、先が見えないうねりのせいで、自分が思った以上に進んでいない感覚がある。

なんだか、夢の世界で罰を受けているみたいな気分になった。

「大丈夫か、エリー」

しんどくて答えられない。でもパパは振り向かなかった。察しなかった。

じわじわと背中に汗がにじんでくる。だんだんと息が弾む。

けれどわたしは鼻呼吸を続ける。口を大きく開けたりせず、自分を苦しめる。

とうとう疲れて足が止まった。家はまだ屋根すらも見えない。

前を行くパパは、下を向いたまま黙々と上っていく。

わたしは遠くの雲を一度見上げ、すぐに顔を伏せて坂を上りだした。

2

日曜日はベスにもドロシーにも会わない。とても楽な一日。

パパはティータイムにお茶を飲むと、ソファでごろりと眠ってしまった。わたしの誕生日プレゼントにくれたテディベアを枕にして。

最近のパパはいつも疲れている。ママへの配慮に欠けた態度だ。

せめてわたしは敬虔《けいけん》な日曜日をすごそうと考え、昨日の坂を思いだした。

あのとき坂を上りながら、わたしは一度雲を見上げた。空の上からわたしを見ているママに、自分がきちんと苦労をしていることを伝えたかったから。

パパは仕事に行くために、あの坂を毎日上り下りしている。

なんのためかは知らないけれど、あの手押し車の老人もそうだ。

けれどわたしには、苦しみの坂を上る理由がない。

通学はスクールバス。帰りはベスがオンボロ車で迎えにきてくれるから。

あの坂を上ることで、ママに謝罪の気持ちを伝えられそうだと思う。

けれど普段のわたしには、坂を上る理由がない。

「……でも理由なんてないほうが、贖罪《しょくざい》になるかも」

窓を開けて外へ出た。肌寒かったけれど上着は羽織らない。

パパを起こさないように戸締まりをすると、わたしは意気揚々と出発した。


あの日、病院から連絡があったのはランチの時間だった。

わたしが友人とじゃれていると、教師が真っ青な顔をしてやってきた。ママが危篤《きとく》だと告げられ、バイクで病院へ送ってもらった。

ママの入院期間は長かった。

やせ細り、カツラをかぶってベッドに寝ている姿を見たときはショックだったけれど、ママはその状態のままずっと生きた。

それでいて、ママは弱っていく自分を娘に見せたがらなかった。だからわたしがおばあちゃんと見舞いに行く回数は、自然と減っていった。

おかげでわたしの中の悲しい気持ちは、胸の奥に沈んでしまった。

わたしは学校で、以前と変わらず無邪気にすごすようになっていた。

病室に着くと、おばあちゃんと医師と看護師が数人いた。「もうママとは会えなくなる」と医師に聞かされ、わたしは後悔に襲われた。

もっと見舞いにこればよかった。嫌がられても顔を見せればよかったと。

そんなことをくよくよ思いながら、ベッドに埋もれたママを見守る。

けれどママはすぐには逝かなかった。目を覚まさないだけで生きていた。

夜中に海の向こうからパパがやってきて、ママの手を握った。ふたりが離婚してからはたぶん初めて。

その後に医師が席を外してからも、ママの命は暖炉の残り火のようにくすぶっていた。嗚咽《おえつ》しながら誰もが時計を気にしはじめ、わたしも涙を拭いながら一度「まだかな」と思った。

結局わたしが病院に着いてから、ほぼ丸一日かけてママは亡くなった。「あなたのママ、娘がくるまでがんばったのね」という、看護師の用意されていた言葉がむなしかった。

わたしが自責の念に駆られだしたのは、葬儀を終えてしばらくしてからだった。

乱れた心が落ち着いてくると、ママの写真を見ることができなくなった。

自分が「まだかな」と思ったことや、病床《びょうしょう》のママを忘れてのんきに級友と遊んでいたことに、どうしようもないやましさがあった。

それをつぐなうように、わたしは笑うことをやめた。

楽しみから目をそむけ、毎日を禁欲的にすごした。

口に出すことはないものの、わたしを引き取ったパパにもそれを望んだ。

パパも明るくはなかったけれど、それは悲嘆というより疲労の様相だった。

もう離婚したといっても、元家族の死後の振る舞いとして多忙は正しくない。

だからパパにも察してほしくて、わたしは日々を粛々と生きている。

天国のママにあれは本心ではなかったと、悼《いた》みを態度で伝えようとしている。


坂の下のバス停から雲を見上げていると、すぐそばで声がした。

「お困りですかレディ？」

この国にきて、パパ以外から聞く初めての母国語だった。

ただし、話しかけてくれたのは人間じゃない。

「カピバラ……？」

隣に二本足で立ってわたしを見上げているのは、あの幻のカピバラだった。

「僕がヌートリアにでも見えるかい？　助けがいらないなら、よい一日を」

カピバラはかぶっていたハンチングを軽く持ち上げ、ゆっくり坂を上っていく。

まるで物語の中のアリスが追いかけた、あのしゃべるウサギみたいに。

「待って！」

とっさに呼び止めた。カピバラが振り返る。

「なにか？」

「どこへ行くの？」

いろいろ知りたいことはあったのに、わたしはそう聞いてしまった。

カピバラは少し考えこむようにうつむいて、やがて皮肉っぽく笑う。

「四角いリングさ。男と男の殴りあいをするんだよ」

不思議の国へ誘《いざな》ってくれるわけではないらしい。でもそれは構わなかった。

「カピバラに、ついていってもいい？」

わたしはもう十一歳だから、冒険をする年齢はすぎている。

でもまだ十一歳だから、不思議や楽しみにも抗いきれない。

「僕はね、カンピオーネという呼ばれ方を気に入っている」

「かぴ……お？」

よく聞き取れなかったと表情でアピールすると、カピバラはおおげさに肩をすくめて言った。

「ぼくの呼び方も、ついてくるのも、お気に召すままに」

かぴおが歩きだしたので、少し遅れてわたしも坂を上る。

「ありがとう、かぴお。わたしはエリー」

「エリザベスかい？　いい名前だ。この国では特に気高く聞こえる」

「わたしは……あんな立派な人じゃない」

かぴおはふっと鼻で笑った。

「謙遜……ではないようだね。まあいいさ。英国は初めてかい？」

「うん。かぴおは？」

「僕はね、この国の牢屋《ろうや》に長く閉じこめられていたんだ」

「牢屋!?」

「寄宿舎学校《パブリック・スクール》とも言うね。でもルーツはきみと同じ南米にある」

よくわからないけれど、言葉が通じていることがとにかくうれしい。

「ねえ」

「……なんだい？」

かぴおの呼吸が少し乱れていた。わたしも息が荒くなっている。

「この坂道、地味にきついね」

「でも永遠に続くわけじゃない。道はすべてそうさ。前にさえ進んでいれば、いつかはどこかへたどりつく。苦しみは終わる。また新たな試練が始まるけどね」

「本当に？」

ママへ後悔を伝えようとしているいまの気持ちも、いつかは薄れてなくなるのだろうか。わたしはそれを期待して、この坂を上っているのだろうか。

「エリーはうたぐり深いね。ほら、もうきみの家の屋根が見えてきたよ」

坂の頂上に差しかかる辺りに、ミセス・フージ宅の玄関ポーチが見える。

「わたしの家、知ってるの？」

「いつも前を通っているからね。ドロシーはいい人さ。ベスだってごく普通のティーンエイジャーだよ。きみもやがてはあんな風になる」

「パパは？」

「パパはきみと同じさ。きみと同じ顔で坂を上っている。僕ともね」

それがどういう意味なのかわからないまま、しばらく無言で坂を上った。

「それじゃあエリー。またいつか」

家の前に着くと、かぴおは帽子を持ち上げて去っていった。

わたしはいま、夢を見ているのかもしれない。

目が覚めたらベッドにいて、家の天井を見つめているのかもしれない。

だったらもう少しだけ、夢の世界を冒険したい。

家に帰ったわたしは、眠らないようにずっと目を開けてすごした。

3

結局は毎日眠っているけれど、夢は覚めなかった。

ベスのオンボロ車に乗って学校から帰ってくると、わたしは部屋に引っこむふりをしてあの坂を下り、バス停の前でかぴおがくるのを待つ。

「今日は家の前じゃなくて、最後までついてってい？」

現れたかぴおに聞いてみると、ふっと笑われた。

「ご自由に」

かぴおはいつもこんな風にかっこうつける。カピバラなのに。

「かぴおはなんで、二本足で歩けるの？」

「きみが立ち上がったのと同じ理由さ」

「かぴおはなんで、言葉を話せるの？」

「きみが話を聞きたいと望んでいるからさ」

「かぴおはどこに住んでるの？」

「エリーは質問が多い」

「だってかぴおに興味あるもん」

「困った娘だ。いまは日本だよ。あの国を知ってるかい？」

「日本！　地球の裏側！　すごい！　どうやってきたの？」

「きみだって飛行機は知っているだろう？　鳥だってそのくらいは飛べる」

かぴおが教会の屋根を一瞥《いちべつ》した。

大きな鐘がぶら下がったところに、一羽のハトが留まっている。

首から重そうなタイプライターをぶら下げたハトは、かぴおをじっと見ていた。

「なにあれ。かぴおの友だち？」

「冗談じゃない。あんな三文ブンシバトと友だちなんてやめてくれ」

「サンモンブンシバト？」

「文字をつづって日銭を稼ぐさもしい鳥さ。成り上がりとはいえ裕福な家の息子なのに、小説を書く以外なにもできないみじめなやつだよ」

「ふーん。仲いいんだね」

「よくない！　ジョナサンとはただの腐れ縁だ！」

いつも眠そうな目がくわっと開いた。わたしは知っている。こういうのって、だいたいつきあいが長い友だちに対する反応だ。

「いいな。そんな友だちがいてうらやましい」

わたしの友だちはみんな違う大陸にいる。きっともう会えない。

「エリーもこれからたくさんできるさ。まずは英語を覚えよう。ほら、ここが僕のディスティネイションだよ」

「ディスティネイション？」

「『目的地』さ」

気がつくと自宅の前を通りすぎ、さっきハトがいた教会に着いていた。

後ろを振り返ると、坂の下のバス停がひよこ豆よりも小さく見える。

「こんなに上ってきたんだね……」

「そうさ。きみが自分の足でね」

かぴおは教会の裏手へ向かっていく。そっちには墓地しかない。

四角い墓石の前にたたずむと、かぴおは一輪のヴィオレッタを捧《ささ》げた。

お墓の前には、すでに紫色のヴィオレッタがいくつも供えられている。

「毎日お墓参りしてるの？」

「言っただろう。これは殴りあいさ。死してなお続く血の攻防だよ」

お墓に書いてある名前は読めない。でも『血』と言うからには、たぶん家族の誰かなんだろう。

「かぴおは偉いね」

「偉くなんてない。僕は自分のためにかっこうをつけているだけさ」

「自分のため？」

「死んだ相手とはもう語りあえない。許されたかったら、自分で自分を許すしかないんだ。墓参りは自己の罪悪感をなぐさめる作業だよ」

かぴおが立ち上がった。

「帰ろうエリー。家の前まで送っていくよ」

「そんなの……お墓がなかったらできないよ！　ママに許されたくっても、ごめんなさいって言いたくっても、お墓がなかったら……」

目からぽたぽた涙が落ちた。わたしは悲しいわけじゃない。

たぶん怖くて泣いているんだと思う。ママのお墓はブラジルだから。

もう許されないのではなく、もう謝れないから。

「言っただろう。自分を許すのは自分自身だ。きみのママは天国からきみのことなんて見ていない。もうきみの頭の中にしかいないんだ。こんな四角い石、ただの飾りだよ。ツケモノイシのほうがましさ」

かぴおがハンカチを差しだしてくれた。

「墓がないなら坂を上ればいい。きみがきみ自身を許すまでね」


それからも毎日、わたしはかぴおと坂を上った。

『どこに行ってもいいわベイビーちゃん。でも手袋くらいしてよね』

ベスに手袋を押しつけられても、わたしは素手で凍えながら坂を上った。

「ドロシーの料理、あんまりおいしくないんだよね」

「好みの問題さ。きみが一度彼女に作ってあげるといい」

お墓に着いても、かぴおはずっと話をしてくれた。たくさんのことを。

「わたし料理できないもん。かぴおだってできないでしょ」

「いまごろ日本では、みんな僕のカレーを食べたくて悶絶《もんぜつ》しているよ」

「本当かなあ」

「いつか作ってあげてもいい。きみが大人になってからね」

「かぴおは大人なの？」

「見ての通りさ」

「やっぱり子どもなんだ」

「大人だよ……だったらなんだい」

「大人ってしんどい？」

「僕が一番憂鬱なのは、パソコンが異音を発しているときだね」

「それって、楽ってこと？」

「かもね。でもきみのパパは、確実にしんどいだろう」

「そうは見えないよ。仕事ばっかりしてるし」

「だからつらいのさ。離婚の原因もそれだろう？」

「……うん。パパも、後悔してるのかな」

「大人はたやすく後悔を吐かないものさ。酒を飲んだとき以外ね」

もしもパパが仕事をしていなかったらどうするだろう。

わたしみたいに、ママに許してもらうためだけに坂を上ったりするだろうか。

「僕だって、いつまでもこの坂を上るわけじゃない。エリーだってそうさ。年相応の無邪気でかわいい女の子に戻れる日が、いつか必ずくる」

いまのわたしは、そうなる自分が許せないと感じる。

でもきっと、変われるほうがいいのだとは思う。だからわたしはこう言った。

「もしもそんな日がきたら、かぴおにキスしてあげるね」


雪の積もる日が少なくなり、ベスも手袋を押しつけてこなくなった頃。

バス停で待っていても、かぴおがちっともこなかった。いつも時間通りにやってきて、「紳士は淑女を待たせたりしないさ」なんてかっこうつけるのに。

スマートフォンをちらちら見る。五分、十分、十二分。

かぴおは一向に現れる気配がない。

まだ十五分も待っていないけれど、遅れているわけではないと感じた。

かといって、病気で寝ているとも思えない。昨日は元気だった。

「あっ」

かぴおを探してきょろきょろしていて、わたしはびっくり仰天した。

いつも手押し車をふうふうやっていたあのおじいさんが、ミセス・フージと一緒に通りの向こうを歩いている。いつだって苦悶《くもん》の表情としかめっ面だったふたりが、とても幸せそうに笑いあっている。

そんな光景を見ていて、わたしはなんとなく察した。

かぴおはきっと、気がすんだんだって。

いつかくる自分自身を許す日が、かぴおにとっては今日だったんだって。

だって、世の中には考えもしないことが起こる。

あのミセス・フージや手押し車のおじいさんだって、幸せそうに笑う。わたしと同じくらい内罰的なかぴおにだって、自分を許す日がきてもおかしくない。

わたしはほっと安堵した。目からじわりと涙が流れた。

よかったねと、かぴおが飛んでいそうな東の空へ思い切り笑ってあげた。

「エリー、こんなところでなにをしてるんだ？」

かたわらにパパが立っていた。笑顔だけれど、目元がすごく疲れている。

「パパはこの坂を上るとき、ママのことを考える？」

会話は噛《か》みあっていない。でもパパはうなずいてくれた。

「考えるよ。いつだって考えていたけれど、この坂を上るときに、パパはママに報告してるんだ。今日は会社でこんなことがあった。エリーが洗濯をしてくれるようになったけど、全然シワが伸びてないってドロシーが洗い直してるとかね。なんでこの坂なんだろうな」

パパはその理由を探すように、まぶしそうに坂を見上げた。

わたしは洗濯の件が恥ずかしくて下を向いた。でも言いたいことはある。

「それはパパが、自分で自分を許したいからだよ」

「なんだって？」

「ハンチングをかぶったカピバラが言ってた」

「なんだって？　ちょっとパパ頭が混乱してきたぞ」

「仕事しすぎだよ」

言ってわたしは坂を上りだす。

「そのことなんだが、ちょっといいかエリー」

パパが追いついてきて隣に並んだ。

「実はパパ、また転勤の話があるんだ……いきなりそんな顔しないでくれよ」

「するよ。せっかく英語の勉強する気になったのに、もうわたし一生友だちができないかもね」

「今度は事情が違うんだ。一度行ったら、十年は戻ってこれない」

「なにそれ。パブリックスクール？」

「よくわからないが、待遇はいまよりもよくなる。そういう理由だから、エリーの意思を聞いておきたいんだ。それで今日はいつもよりも早く帰ってきたんだよ。どうだい？　もしも行きたくなければ、パパは断るよ」

ふっと思った。こんな風に歩み寄ってくれるなんて、パパにもいつか必ずくる日がきたんだろうか。

「今度はどこの国なの？」

「日本だ。知ってるか。おばあちゃんの国だ」

「ふーん」

軽く流したけれど、そのディスティネイションにわたしはびっくりした。

もしかしたらかぴおと再会できるかもと、心がわくわくした。

夕暮れの空を見上げる。

ずっと鼻呼吸だったけれど、口を大きく開けてイギリスの空気を吸いこんだ。

「ママのことは、食事前のお祈りのときに考えればいいよね」

「ああ。パパもそうするよ」

坂を登ったわたしたちは、ミセス・フージ宅の玄関ポーチを横切った。

家に入る前に、パパの袖を引っぱって告げる。

「わたし、日本ではがんばって普通のティーンエイジャーになるね」

4

地球の裏側からこんにちはと、ブラジルの友だちに手紙を出した。

ベスとドロシーには京都のポストカードを送った。

日本にきてからのわたしは、かつての明るい性格に戻っている。

前にかぴおが言ったみたいに、ちゃんと言葉を覚えたから。

パパが映画を見ながら日本語を勉強する方法を教えてくれたおかげで、わたしには友だちどころかボーイフレンドまでできた。

爽《そう》くんとはいつも神社やお寺でデートしている。

かぴおが言った通り、わたしも普通のティーンエイジャーだったということ。

けれど、一番肝心なかぴおには会えなかった。

日本は地図で見ると小さな島国なのに、住んでみるとけっこう広い。

もちろん、かぴおに会えないのはそれだけが理由じゃなかった。

かぴおなんて、初めからいない。

だって二本足で歩いてしゃべるカピバラなんて、ルイス・キャロルが書くような物語の中にしか出てこない。わたしは誰かに許されたかったから、あんな生き物を自分の頭の中に生みだしたのだと思う。

十二歳になったわたしは大人だ。だから十一歳の逃避が愛おしいと思える。

将来は本を書いてみるのもいいかもしれない。キザなカピバラが、苦しんでいる女の子を助けてくれるお話。そこにはしかめっ面のミセス・フージや、なにを運んでいるのかわからない手押し車のおじいさんも出てくるだろう。

そんな物語を空想をしていたからだろうか。

いつものように爽くんと境内の隅っこでおしゃべりしていると、夕暮れの空にあれが飛んでいるのを見つけた。

そう、あれ。イギリスの教会でかぴおと見た、首からタイプライターをぶら下げたサンモンブンシバト。

「えっ、どこ行くのエリー？」

わたしは爽くんをほったらかしてハトを追いかけた。

アリスがウサギを追いかけるみたいに夢中で。

「待って！　小説を書く以外になにもできないみじめなハト待って！」

気のせいか、ハトのスピードが増したような気がする。

パン屋さんのある坂を下り、望口《のぞみくち》の駅へ出た。

商店街に入ってしばらくすると、ハトがドアの開いたお店に飛びこんでいく。

有久井印房

ひさしの漢字は読めないけれど、たぶん喫茶店。わたしも急いで中に入る。

「メイアイヘルプユー？」

眼鏡の女の人が声をかけてきた。白いブラウスに黒スカートを身につけている。

英語で話しかけられるのは慣れているので、これだけは意味も知っていた。

「英語しゃべれません。日本語で言ってください」

わたしの反応を見て、眼鏡の女の人が優しく微笑んだ。

「失礼いたしました。本日はお食事ですか？　ご印鑑ですか？」

ゴインカンってなんだっけ。日本語はまだ覚えていないのも多い。ツケモノイシならわかるんだけど。

「あの、サンモンブンシバトを探してます。小説を書くハトです」

「ハートミンスター先生ですか？　でしたらあちらに」

女の人が店の中を振り返る。一番奥まったテーブル席の上で、ハトは水飲み鳥の人形みたいにウィンナ・コーヒーをつついていた。

「かぴお！　かぴおはどこにいるの？」

わたしがテーブルに駆け寄ると、ハトは豆鉄砲で撃たれたように固まった。

「あの、かぴおくんをお探しですか？」

今度は優しげなおじさんの声がした。

振り向いた瞬間、わたしもハトみたいに固まってしまう。

そこには白い動物が二本足で立っていた。かぴおよりもひとまわり大きくて、おなかにエプロンみたいな模様がある。もしかしたらアリクイかもしれない。

「わたしはまだ、夢から覚めてないの……？」

アリクイから目をそらして店の中を見回した。

中央の柱にはカモノハシの絵がかかっていて、壁には賞状っぽいものがある。

その隣には、雑誌の切り抜き記事が貼ってあった。

チョーク・アーティスト大会で、なんたらさんが優勝したという内容。写真の中で首からメダルをぶら下げている女の人は、なぜか頭にウサギの耳をつけていた。

このお店はモザイクガラスみたいだ。雑然としていて、きらきらもしている。

まさしく不思議の国のようだけれど、一向に夢から覚める気配はない。

「かぴおくんは、もうこのお店にはいないんです」

カウンターの向こう側で、白いアリクイが教えてくれた。

かぴおは前までこの店で働いていたけれど、いまは別の仕事をしているらしい。

実は御曹司だったかぴおには夢があり、親とケンカした挙げ句にこの島国でデザイナーの仕事を始めたのだそう。

そんなこと、全然知らなかった。あの坂を上る理由なんて、かぴおは一度も教えてくれなかったから。

「じゃあ、かぴおはイギリスに戻って仕事を継いだの？」

「いえ。もともとかぴおくんは、ぼくと同じで彫るほうだったんです。いまはより希望に近い仕事として、木工製品を作る工房で働いています」

ようやくわかった。かぴおは四角いお墓の前で謝ったりせず、本当に親と殴りあっていたんだって。自分はまだ夢を追いかけるって頭の中で攻防を繰り広げ、許されないままでいる覚悟を決めたんだって。

「その解釈、ちょっと違うんですよ店長」

カウンター席に座っていた女の子が振り向く。

いまさっき見た顔だ。頭にウサギの耳はついていないけれど、雑誌の切り抜きに写っていたチョーク・アーティストの人だ。

「前にムロさんが言いましたよね。ハンコはこれからアート方面にいくって」

「言いましたね」

眼鏡の女の人が答える。

「あれからかぴおくんはいろいろ考えたんです。ハンコを彫るのは店長の仕事。それを続けさせてあげるために、自分にはなにができるかって。その結果が、持ち手の彫刻とか、ケースの造形なんですよ。それで木工工房で修行中なわけです」

部外者のわたしに詳しい事情はわからない。でもかぴおはどこにいてもキザで優しいカピバラだと、ちょっとうれしかった。

「なるほど。宇佐《うさ》ちゃんと同じですね。宇佐ちゃんも有久井《ありくい》印房《いんぼう》の将来のために、チョーク・アーティストとして名を売ると言っていました」

「ムロさんそれ、印房女子会で言った内緒の話ですよ……」

切り抜きの女の子ががっかりと肩を落とした。

するとどこかで、すんすんと鼻をすする音が聞こえる。

カウンターの向こう側で、白いアリクイが背中を震わせていた。

「おやまあ。店長もしかして泣いちゃってます？」

「……ぼくは、果報者です。ぼくは、なんで、こんなに、みんなに……」

なんだろう。いてはいけない場面にいるような気がしてきた。

「オトリコミ中すいません。かぴおの居場所を教えてもらえないですか？」

「あ、はい。工房は近所なんで、ぼくが呼んできますね」

え？　そんなに近いの？

「ムロさん、お店お願いします」

白いアリクイが走り去り、眼鏡の人と切り抜きの人が「逃げた」と笑う。

わたしは小さな混乱の中で呆《ほう》けていた。

それからしばらくして、ドアから見慣れた茶色い影が入ってくる。

「かぴお！」

たまらず駆け寄って抱きついた。

「やれやれ、しつこいレディだ。こんなところまで追いかけてくるなんてね」

ふっと鼻で笑うくせがなつかしい。悔しいからほっぺにキスをする。

「……人前でやめてほしいな。これは約束を果たしたってことかい？」

「うん。かぴお、わたし自分を許せたよ」

「そうかい。だったらもう僕に用なんてないだろう？」

「あるよ。まだかぴおのカレーを食べてない」

すると、その場にいた全員が口をそろえた。

「それはまだやめておいたほうが……」

わたしが子どもだと思っているのだろう。十二歳を甘くみないでほしい。

頑として食べると言い続けると、かぴおは眠たげな目で肩をすくめた。

しばらく待っていると、ありあわせで作られたカレーっぽいものが出てくる。

みんなが注目する前でひとくち食べた途端、わたしは泣き叫んだ。

「なにこれ辛《から》い！」

「だから言っただろう。大人になってからだってね」

でも確かにおいしかったので、わたしは涙を流しながらカレーを食べた。

ふと見ると、白いアリクイもカレーを食べながらしくしく泣いていた。

あとがき（※本編読了後にお読みください）

本書は『アリクイのいんぼう』シリーズの四冊目である。本編の三話は前巻と同時期の話であり、特別編は吾輩《わがはい》が日本に戻ってきてからの後日談である。

前巻の最後で跡目争いを収めるべく故郷に帰った吾輩だが、実家を訪ねると事態はすでに終息していた。親父殿が病の淵《ふち》から不死鳩《ふしばと》の如《ごと》く舞い戻ったためである。

というわけで、吾輩は送別会から三日後には有久井印房《ありくいいんぼう》に帰ってきた。宇佐《うさ》嬢はなにも言わぬが冷ややかだ。吾輩が本シリーズの中断を宣言したからであろう。

担当編集氏から新作の打診を受けたのは、ちょうどその頃だった。その物語は『なるほどフォカッチャ　ハリネズミと謎解きたがりなパン屋さん』として出版され、おかげさまで現在二冊目まで刊行されている。

するとフォカッチャ好調の影響で、中断していた『アリクイのいんぼう』の続きが書けるようになった。吾輩を針のむしろから救ってくれたのは、むしろハリネズミと言えよう。わが友フォカッチャには大きな借りができた。

本シリーズに話を戻そう。『アリクイのいんぼう』は一冊ごとにテーマを設けているが、今巻は「離縁」と少々重い。死に対する想《おも》い、あるいは別れの寂寥《せきりょう》についての話であり、その意味でも三冊目とは表裏の関係にある物語となっている。

ここからは特別編の内容に一部触れたい。あの半寝《はんね》ネズミ野郎についてだ。吾輩が餞別《せんべつ》代わりにダジャレタイトルの話を書いてやったというのに、やっこさん一読もせずに原稿をぽいとしやがった。宇佐嬢によれば「かぴおくんはデンショで読みたい派。既刊も全部持ってる」と意味不明だ。吾輩はあいつに伝書など届けたことはない。本当にいけすかないネズ公である。

などと憤慨していたら行数もわずかとなった。謝辞に移らせていただこう。

今回もイラストを担当していただいた佐々木《ささき》よしゆき氏、及び担当編集氏と本書の制作に携わったすべての皆様に、心からのお礼を申し上げたい。

そして『ほっこりモフモフ』と題されたアリクイ、ハリネズミの両シリーズを手にとっていただいた読者諸兄には、切なる感謝を述べさせていただく。

さて、ムロ女史という新たなスタッフも加わり、有久井印房とその面々はいまも変化の中途にある。しかるに吾輩は再びこの地に舞い降りた。

願わくは、彼らの物語をいつまでも紡《つむ》げんことを。

ジョナサン・ハートミンスター

本書は書き下ろしです。

メディアワークス文庫

アリクイのいんぼう
愛《あい》する人《ひと》とチーズケーキとはんこう

はとみ
鳩見すた

2019年９月25日　初版発行
2025年６月10日　４版発行

発行者　山下直久
発行　株式会社KADOKAWA
〒102 - 8177　東京都千代田区富士見2 - 13 - 3
0570-002-301（ナビダイヤル）
装丁者　渡辺宏一（有限会社ニイナナニイゴオ）
印刷　株式会社KADOKAWA
製本　株式会社KADOKAWA

●お問い合わせ
https://www.kadokawa.co.jp/（「お問い合わせ」へお進みください）
※内容によっては、お答えできない場合があります。
※サポートは日本国内のみとさせていただきます。
※Japanese text only

※定価はカバーに表示してあります。

Printed in Japan
ISBN978-4-04-912689-1 C0193

メディアワークス文庫　https://mwbunko.com/

本書に対するご意見、ご感想をお寄せください。

あて先
〒102-8177　東京都千代田区富士見2-13-3
メディアワークス文庫編集部
「鳩見すた先生」係